暗殺までの15328日

五代目山口組宅見勝若頭の生涯

暗殺までの15328日

序　章

忍び寄る殺意

「これから宅見組長を、これで殺す」

若頭暗殺事件が発生する30分ほど前の1997年8月28日午後3時ごろ、宅見勝若頭、岸本才三総本部長、野上哲男副本部長の山口組大幹部3名が、事件現場となった新神戸オリエンタルホテル4階のティーラウンジ『パサージュ』に入った。

彼らのボディガードと運転手は、ティーラウンジの入り口からやや離れたところにあるソファー付近で警備についていた。6名の男たちは、穏やかな表情をしていた。

パサージュの店内には22のテーブル席が4列に並んでいる。客の入りは七分《しちぶ》ほどであった。

宅見を先頭に3名の大幹部たちは、ゆっくりとした足取りで西寄りの通路を北側に向かった。

「奥がええやろ」

後ろを振り返る仕草をしながら、宅見がいった。

彼らは店奥へ進んだ。

一番奥のテーブル席は観葉樹に囲まれて見通しが悪かった。二番目の席は、いましがたまで客がついていたとみえ、テーブルの上には灰皿やコーヒーカップが残っていた。宅見は、三番目の4名用の席についた。入り口を右斜め前方に見る位置である。

岸本が、彼の左隣に座った。

野上は、宅見をはさむように右隣のシートに体をしずめた。彼らのテーブルから3メートルほど離れた、ちょうど野上の背後あたりに、ふたかかえほどもある太い柱があった。岸本の背後側は吹き抜けの空間に面したガラス壁になっている。

ウエイトレスが注文を受けにきた。

「アイスティーにしよか」

おしぼりで顔をぬぐいながら、宅見がいった。

「わしもや」

岸本が同調した。

「そやなぁ、アメリカンにしとこか」

野上がいった。

「うーん」

といいながら宅見は、頭の後ろで腕を組み、体をそり返らせた。

「頭《かしら》、からだがしんどいんと違いまっか」

不安そうな表情で岸本がたずねた。

かれこれ10日ほど前、宅見は内臓疾患の治療を終えて退院したばかりだった。

「いや、なんともない、ちいと疲れただけや。昨日今日と会議続きやったせいで……」

この日、彼らは山口組総本部に出向いている。

前日におこなわれた幹部クラスによる勉強会の結果を渡辺芳則五代目組長に報告するためである。

この勉強会は、8月27日午後6時ごろから8時半ごろまで、大阪市北区の梅新イーストホテルでおこなわれた。テーマは使用者責任訴訟に関してである。

90年、山口組と波谷組との抗争で山口組系浅川会の組員が、抗争相手の組員と間違えてNTT社員を射殺した事件で、被害者の遺族が山口組組長を相手取って損害賠償請求訴訟を起こした件である。

山口組側からは執行部13名のうち11名が出席、9名の弁護士から使用者責任に関するレクチャーを受けていたのである。

勉強会後、宅見は、その結果を渡辺組長に報告することを決めた。

28日昼前、彼らは山口組総本部で落ち合い、午後1時、総本部に隣接する同じ敷地内の山口組本家に出向き、渡辺組長に勉強会の結果を報告した。

それが終わると岸本と野上は、一足先に総本部へもどった。渡辺と宅見の間では雑談が続いていた。

このころ、宅見若頭を狙う中野会のヒットマンたちは、山口組総本部の近くを流れる2

本の川にはさまれたグラウンドと公園の間の道に止めた京都ナンバーの白いセダンの中で待機していた。

運転席には鳥屋原精輝（加藤総業）が、助手席には川崎英樹（誠和会）、後部シートには中保喜代春（神戸総業）と吉田武（至龍会）が体をしずめていた。

鳥屋原の携帯電話がいきなり鳴った。

彼らは緊張した。

相手は現場指揮者の財津晴敏（財津組組長）であった。

公園内をうろつきながら、携帯を耳にあてている彼の姿が、セダンの中から小さく見えた。

鳥屋原が、はいと短く答えて電話を切った。

「道具を準備しとけ、いうちょる」

彼は低い声でいった。

中保は足元に置いた黒のポリ袋から38口径を出すと、川崎と吉田に渡した。彼自身は45口径と38口径の拳銃を握り、ズボンのポケットに押し込んだ。

彼らは、宅見若頭の車が総本部を出て、こちらに向かってきたところでセダンをぶつけ、3名で襲撃する計画だったのである。中保は、暗殺計画の首謀者である中野会若頭補佐で壱州会会長の吉野和利から45口径の拳銃を撃ちつくせと命じられていた。

99年4月10日に録取された中保喜代春の検事調書には、次のようにある。

「ポケットにいれた拳銃はズシリと重く、しかも、『これから宅見組長を、これで殺す。そのときは、おれも返り討ちに遭うかもしれん』と思うと、ポケットの中の拳銃が何倍にも重く感じられ、その分だけ私の気分も沈んでいくようでした。私たちは、ここで宅見組長が出てくるのを待つことにしました。財津組長は、ひっきりなしに携帯電話で電話をかけているようでした……」

財津は、宅見若頭の動静を探るため、山口組総本部内にいる内部通報者と連絡を取り合っていたのである。

この日、山口組総本部内には13人、本家には17、18人の部屋住み組員がいた。このうち中野会系組員は小堺組の吉田晃市だけである。

彼は、時折、高い塀で囲まれた敷地内にある７００坪の駐車場に出て、財津に情報を流していた。

30分後、襲撃チームは、財津の指示で待機場所を少し移動させた。同じ場所で長時間駐車していると、山口組の不審をまねくからである。

首謀者の吉野が白のセダンに近寄ってきた。彼の表情には鬼気迫るものがあった。

「ボディーガードも運転手も殺《や》ったれ。ひとりのこらずや。宅見に止《とど》めを刺すのを忘れるな」

もはや手段など選ばず、なにがなんでも宅見若頭を暗殺するのだという執念がむき出しになっていた。

「かならず宅見のタマ(命)を取ったれ、ええな」

そういい残すと、吉野はバイクに乗って去っていった。

「ここまできたら、しゃあないな」

鳥屋原が、重い声でいった。

同日午後2時。

本家からもどってきた宅見が、総本部1階の応接室に顔を出した。岸本と野上が彼を待っていた。

「頭、組長との用談はすんだんでっか」

岸本が声をかけた。

「わしの体を気づかってくれてな、組長には、いらぬ心配をかけてしもた……」

この渡辺・宅見会談で若頭ポストの続投が、双方の間で確認されていた。宅見ら3名は、応接室で30分ほど雑談をした後、帰り支度をはじめた。

彼らは、玄関に続く廊下に出た。ここから70メートルほど先が駐車場である。外の熱気が伝わってきた。宅見が、ふーっと吐息をついた。

「まだ、暑いでんなぁ」

岸本が顔をゆがめた。

彼らは、五代目組長との面談ということもあって、全員、スーツにネクタイ姿だった。

「ひと息、いれたいなぁ」

宅見が、誰にともなく、いった。

彼の後ろを歩くふたりが、うなずいた。

「お茶でも行こか」

と、宅見がいい出した。

「ええでんな」

玄関前から廊下にかけて当番組員や部屋住み組員らがずらっと並び、宅見らを見送っている。

「それやったら、西村のコーヒーにでも行きましょか」

野上が応じた。

西村コーヒー店は、神戸市中央区内にある彼らの行きつけの喫茶店だった。

「きょうはオーパでええやないか、オーパにしよ」

野上の顔を覗きこむようにして、宅見がいった。

このオーパというのは、ティーラウンジ・パサージュのことで、宅見だけが、そう呼んでいた。玄関先で彼らのボディガードが運転手役の組員に対して口々に、

「新神戸オリエンタルホテルのパサージュに寄り道していく」

と、伝えていた。

彼らがそろって山口組総本部を出たのは同日午後2時40分前後である。

先頭を走る宅見の黒塗り乗用車には岸本が同乗し、そのあとに野上が乗る車が続き、しんがりはボディガードが乗車する岸本が乗ってきた車である。宅見の車は、いつも総本部からの帰路に使う道とは別のコースをたどった。

ヒットマンたちがホテルの玄関に向かって歩き出した

同日午後3時前。

白のセダンの中で待機する襲撃チームの緊張感は限界に達していた。そんなところに財津から鳥屋原の携帯に電話が入った。

「もう、宅見のガキは総本部を出てしもた、北から行ったらしい。オリエンタルホテルへ向かった。すぐ追え」

財津は絶叫していた。

鳥屋原の運転する京都ナンバーのセダンは、オリエンタルホテルに向かう途中、エンストを起こした。

「車がエンストして動かんと、財津組長にいえ。もう、終わらせえや」

襲撃を中止させたかった中保は、平静を装いながら鳥屋原にささやいた。

彼は、うなずき、

「車がオンボロであきまへん」

と財津に電話で訴えた。

99年4月11日付の供述調書の中で、中保喜代春は語る。

「やはり、この男もこんなことは嫌なんだと、私は思いました。しかし、財津組長は計画を中止するつもりなど毛頭なく、鳥屋原は、叱られてしまったといって肩を落としていました。私たちの乗った車はホテルに向かって走り続け、その日の午後3時過ぎごろ、新神戸駅のすぐ近くにあるオリエンタルホテルに到着したのです……」

鳥屋原は、同ホテル正面玄関前のロータリーに車を進めた。

彼らのいる位置の反対側、ロータリー東側には2台の黒塗りの乗用車が駐車していた。

後ろの乗用車のトランクを開けている男は、一見して極道者としれた。

この2台の黒塗り乗用車のどちらかが宅見若頭のものに違いないと、彼らは見当をつけた。鳥屋原は、ロータリーの東側に車をまわし、財津と連絡を取った。

財津の指令は、その場所での待機だった。

襲撃チームの服装は、野球帽にサングラス、ジーパンに濃紺のブルゾン、スニーカー履きだった。

彼らの風体に不審を感じたのか、ホテルの駐車案内係が、じっと白のセダンの中を見つめていた。財津が、このロータリーでヒットマンたちを待機させた理由は、ホテルから宅見若頭が出てきたところを襲撃させようと考えていたからである。

彼らが待機してから15分が経過した。

同日午後3時15分ごろ、財津から電話がかかった。

鳥屋原が小さくうなずいて電話を切った。彼は命令に従って、セダンを同ホテルの南側通路出口付近に移動させ、停車した。

「よし、行こ」

鳥屋原があきらめのまじった口調で短くいうと、車を降りた。出撃命令がおりたのである。中保が続いて降りた。

ヒットマンたちがホテルの玄関に向かって歩き出したとき、彼らの止めた車のすぐ近くに財津の白いセダンが駐車していた。彼らは玄関奥にある階段を登りきり、オリエンタルホテルの1階にたどり着いた。

そこに財津がこちらを向いて立っていた。

彼が鳥屋原に話しかけた。

鳥屋原が、だまったまま、何度もうなずいた。

彼らは階段を利用して2階に向かった。鳥屋原が、ふいに後ろをふり返り、

「1丁くれ」

と、中保にいった。彼が持っている45口径と38口径の拳銃のうち、1丁を渡すようにという意味だった。

ふたりは足早にトイレに向かった。

中保は、男子便所にふたつある個室の手前の方に入った。

鳥屋原が続いた。

トイレのドアを閉めるのと同時に中保は、45口径をポケットから出した。鳥屋原は、差し出された拳銃をだまってズボンの右ポケットに滑り込ませた。

拳銃の受け渡し時間は、わずか30秒ほどである。トイレの入り口近くに財津、吉田、川崎が立っていた。財津を先頭にして4人のヒットマンたちは3階にあがった。

同日午後3時30分ごろ。

岸本総本部長と野上副本部長は、宅見若頭の体調が気になるようで、しきりと病状についてたずねた。運ばれてきたアイスティーのコップを持ちながら宅見は、

「すっかり良くなっている。いまからミナミへ飲みに行きたいくらいや」

と、笑顔で冗談を飛ばした。

彼は機嫌がよかった。

「組長から頭を続けろといわれてなぁ」

うまそうにアイスティーを飲んだ。

「あと5年は続けられまっしゃろ」

野上が、いった。

「まだ、大仕事が残っとるしな、頑張らんと……」

自分自身にいい聞かせるような響きがあった。彼らは、山口組の大改革を構想していたのである。

暗殺までの15328日◎目次

第三章　山口組執行部入り

第四章　知略家の策謀

第五章　新体制への布石

五代目山口組宅見若頭の生前の写真。身長は162センチという小柄な体格であり、屈強で大柄な武闘派イメージとは一線を画す風貌だった。

宅見勝若頭が小学5年生の時に、
再転入して通学していた田原小学校。

四代目竹中正久組長（右）の左
側にいるのが四代目時代の宅見
勝若頭補佐（当時）。

平成3年元旦、神戸護国神社で参拝時の記念写真。中央に五代目渡辺組長、
右に岸本総本部長（当時）、左には宅見若頭が並ぶ。

新聞各紙が宅見若頭射殺事件を一面で
報じた。現役の山口組ナンバー2の死
は、ヤクザ社会はもとより、世間をも
驚かせた衝撃的なニュースであった。

宅見若頭の暗殺現場となった新神戸オリエンタルホテル4階のティーラウン
ジ『パサージュ』。同席していた岸本総本部長（当時）が事情聴取を終えて
引き揚げる姿が見える。

8月30日に通夜、同月31日に告別式が組葬としておこなわれた。

式場となった天六会館。

駆けつけた多くの直参組長らに見送られながら出棺。

暗殺までの15328日

第一章

極道の世界へ

不遇な少年時代

五代目山口組若頭の宅見勝は、１９３６年6月22日、神戸市中央区中山手通で洋服仕立て販売業を営む春一・閑子夫婦の三男として生まれ、兄のほかに姉と妹がひとりずついた。

宅見は、自宅近くの北野国民学校に入学するが、その年、父の春一が病死して、一家の生活が立ちいかなくなった。

翌年、残された家族は、母親の実家である香川県大野村に疎開《そかい》した。

母親は近所にある農家の手伝い仕事をして家計を支えたが、育ち盛りの子供が多いこともあって赤貧を洗うような生活だった。

彼は、村立大野国民学校に転入したが、都会育ちの宅見をクラスメイトは受け入れてくれなかった。

「疎開者……」

とはやしたて、クラスメイトは宅見を仲間はずれにした。

小柄で華奢《きゃしゃ》な体つきの彼には、田舎育ちの腕白坊主たちに挑みかかる術がなかった。彼は泣いて家に帰った。

「男は人前で涙を見せるな」

と母がさとした。

「いじめる相手の顔から目をそらしたら、あかん。ぐっと胸を張り、にらみ返してやったらええ。相手が逃げていくわ」

母は彼の涙を荒れた指先でぬぐいながら、いい聞かせた。少年がしゃくりあげながら、何度もうなずいた。

宅見家の生活は一向に好転しなかった。農家の手伝い仕事だけでは限界があったのである。それに、親族や親戚に頼る生活に、母親は苦痛を感じるようにもなっていた。

そして終戦。

宅見一家は、彼が国民学校5年生のときに大阪へ出る決断をした。彼らは、母・閑子の姉を頼って大阪府北河内郡田原村に移った。

宅見は村立田原小学校に再転入した。しかし、少年・宅見の試練は、まだ続いたのである。彼が、地元の村立田原中学2年生のとき、母の閑子が他界した。

ずっと後のことだが、宅見は、

「おふくろは、俺たちを育てるために寿命を縮めた」

と語っている。

育ち盛りの子供たちを抱えた生活を切りまわすために、無理に無理を重ねた結果、にっちもさっちもいかなくなるほど体を痛めつけてしまったのだろう。

宅見は、伯母方に引き取られ、養育された。

彼は、中学を卒業すると大阪市天王寺区にある府立高津高校に進学した。担任教師の指導のまま受験したのである。当時、同校は進学校として大阪では名の知れた高校だった。宅見は、田原中学でも図抜《ずぬ》けた成績だったのである。

伯母方での居候生活は、なにかと気苦労が多かった。

朝晩の布団の上げ下げから、食事時におかずの小鉢に箸をのばすことにまで、いちいち気を遣わねばならなかった。伯母から小言をいわれたことはなかったが、でも気がつくと、彼女の目の色をうかがう自分がいた。

学校の行き帰りに道端に落ちている鉄くずをひろい集め、古金属買取商に持ち込んで小遣い稼ぎをした。それらは朝鮮戦争下のにわか景気のせいで、高値で売れた。彼は、その金でコッペパンを買って、空腹をしのいだ。伯母方では遠慮もあって、ご飯のおかわりがしにくかったのである。

宅見は、伯母の家を出て独立を考えるようになっていた。この年齢になれば、仕事先は見つかるだろうと思った。

日が経つにつれ、誰の目も気にせずに、のびのびと生きてみたいという気持ちが募っていった。53年、宅見は、誰にも相談せずに高津高校を中退した。

このころの彼の学業成績は中の下ほどだったといわれている。

大阪・ミナミの繁華街にあるパチンコ屋でアルバイトをし、友人の下宿先にもぐりこんで日々を送っていた。アルバイト代はわずかなものだったので生活はギリギリだった。

「勝、いつまでおる気や。おまえが転がり込んどるせいで、女友達も部屋に呼べへんがな」

友人が露骨に嫌な顔をするようになった。

宅見は懇願した。

「出て行くがな、もうちょい待ってくれや」

彼にはアパートを借りる金がなかった。そうかといって、いつまでも友人の部屋にいるわけにもいかなかった。

宅見は切羽詰まっていた。

転機は、ひょんなところからやってきた。

ある日、パチンコ屋へ遊びにきていた羽田実から、

「わしの実家の仕事を手伝うてくれへんか」

と誘われたのである。

当時、羽田の実家は、和歌山市中ノ島で『浦島』という遊郭《ゆうかく》とサロン『富士』を経営していた。売春防止法が施行されるのは58年で、それまでは全国各地で紅い灯が男の欲望を誘っていたのである。宅見は、この話に飛びついた。自活できるだけの待遇が確保されるなら職種はなんでもかまわなかった。

「一生懸命働かせてもらいます」

「そうか、きばってくれや」

羽田が笑顔でいった。

宅見はぺこりと頭を下げた。

53年夏、彼らは夜行列車で和歌山に向かった。東京や大阪などの大都市圏は、食糧事情の悪化と悪性インフレで物価は天井知らずの高騰をみせていた。とくに食料品は欠乏し、どこの店先でも長蛇の列ができていた。

和歌山は農産物と海産物の豊富なところだったので、全国各地からこれら食糧品の買い付け業者が殺到していて、彼らは農家や漁業者から言い値で商品を買い取った。大消費地まで運べば、その日のうちに高値で右から左へとさばけるからである。金まわりのよい買い付け業者と地元生産者とで、和歌山市内の繁華街は活況を呈していた。

好景気に沸いていたのは紅灯街《こうとうがい》ばかりではなかった。甘味処、ラーメン店、小間物屋といった周辺の商店も、娼婦たちの需要を満たすため深夜まで灯りをつけていた。宅見は、遊郭浦島で雑用係になった。店内の掃除から遊客の下足管理、娼婦たちに頼まれて出前の依頼や買い物に走ったりする役目である。

浦島から受け取る給料はわずかなものだったが、遊客や娼婦からもらう買い物のつり銭やチップはかなりの金額になった。娼婦たちがなじみ客に送るラブレターの代筆も快く引き受けた。彼女たちが保健所に提出する書類の作成も、嫌な顔をせずに手伝った。彼は、日が経つにつれ、遊客や娼婦たちの心をつかむようになっていった。人の心理を見通す目や、社交術を身につけていったのである。

川北組幹部・岩名威郎との運命の出会い

浦島で働くようになって1年半が過ぎたころ、彼は、恋愛をしていた。相手は、浦島にほど近い鷺ノ森町に住む南田晴子である。ふたりは同年齢だった。

晴子の両親は宅見との交際に反対した。遊郭で働く男に大切な長女を預ける気持ちにはなれなかったからである。

彼らは、両親の反対を押し切って、55年、駆け落ち同然の形で和歌山を出奔、大阪に出た。宅見は、東住吉区内の安アパートを借りて所帯を持った。定職のない彼は、浦島で働いていた時に蓄えた金を取り崩しながら、晴子との同棲生活を送っていた。

毎日、ブラブラしていた。

仕事先は決まっていなかったが、さして悲壮感もなく、手元の金がなくなったら働きに出るつもりだった。

このアパートの近くに土井組系川北組の組事務所があった。小さな組織である。宅見は、近所付き合いの範囲で顔見知りになり、川北組の若衆たちと世間話をするような関係になっていった。

同年夏。

「今年も暑いのう……」

白麻の上下をきちっと着こなした男が、通りすがりに声をかけてきた。川北組幹部の岩名威郎である。小柄な男だったが、周囲を払うような威厳があった。

宅見は、これまでに何度も彼を見かけていたが、とても声をかけられるような雰囲気の男ではなかった。それが、この日は相手の方から声をかけてきたのである。宅見は感激した。後年、彼は、

「この岩名という川北組の組員は、気風もよく、街を歩くにしても肩で風を切るなど、他の者は寄せつけないという感じで、私も次第にこの岩名に惹《ひ》かれていったのです」

と語っている。

この日を境にして宅見は、岩名と顔を合わせると挨拶の言葉を交わすようになった。

宅見勝は身長が162センチ。男としては小柄な方である。このことが彼のコンプレックスにもなっていたが、岩名との出会いで、これが一変した。

「私としても見るとおり体が小さく、子供の頃から体が小さくても男として何者にも負けないという気迫にあこがれを持っていたこともあり……」（宅見の証言）

この言葉からもわかるように、宅見の強烈な上昇志向は、このコンプレックスがバネになっていたものと思われる。

彼は、岩名に心酔するようになっていった。

宅見は、岩名威郎の身構えを真似た。

いつも背筋をぴしっと立て、目線をあげて歩くようにした。これまでと視界が変わったように感じた。犬は犬の思考法から抜け出せない。それは目線が地を這《は》うように低いからだと、彼は思った。

気のせいもあるのだろうが、アパートの住人の自分を見る目が変わったようにも感じられ、気力のみなぎってくるのが自覚できた。

同年9月。

アパート近くで夕涼みをしているときのことである。組事務所からもどってくる岩名と目が合った。彼は口元に小さく笑みを浮かべると、宅見のそばに近寄ってきた。宅見は緊張した。岩名は、上着のポケットから洋モクの箱を取り出しながら、

「どや?」

と、宅見に勧めた。

「すんまへん」

宅見が一本抜き取って口にくわえると、岩名がライターを点火した。

ふたりは、うまそうに紫煙《しえん》を吐き出した。

「仕事、してへんのか」

岩名がたずねた。

「へえ、いま、探してるとこでおます」

「かあちゃん泣かしたらあかんで。うまいもん食わしてやらな……」

「へえ……」

「どや、川北組の親方の世話にならへんか？　仕事もまわしてもらえるし、自分の器量《きりょう》次第では、女房に贅沢もさせてやれると、岩名がいった。

「わしが口をきいてやるさかい、よう考えときや」

「おおきに……」

岩名からの誘いかけだけに、宅見に否はなかった。

「男の歩く道は、自分で切り開かにゃ……」

そういい置くと、岩名は表通りに向かって歩き出した。

宅見は、その後姿に深々と頭を下げた。

それから間もなくして宅見は、岩名の仲介で川北辰次郎組長の盃を受け、極道社会に足を踏み入れた。19歳のときである。

当時、川北組は、大阪市東住吉区鷹合町に組事務所を構えていた。

宅見は、川北組長の世話で組事務所近くの空き店舗を借り、『南大阪氷業』という氷屋を開店した。宅見夫婦の新居は、この氷屋の2階である。

このころは、まだ氷を利用する冷蔵庫が一般的だった。小料理屋、飲食店、バー、キャバレーなどの多くが氷冷式を使っていたから、南大阪氷業は四季に関係なく繁盛した。

宅見の悩みは氷を配達する人手の不足だった。

夫婦で一日中フル回転しても、顧客の要望に応じ切れなかった。約束時間に遅れることもしばしばで、そのたびに妻の晴子が頭を下げに走った。

宅見は思案した。

妙案が浮かんだ。

南大阪氷業の従業員と川北組員を兼ねた人材を集めようと思い立ったのである。

計算通りの人材を集めることができれば、家業の悩みも解消するうえ、川北組の中に宅見グループともいえる基盤を作ることができる。極道の世界はカネと人の量で地位が決まるのだから。

早速、宅見は実行に移った。

彼の求める人材は、体の半分が正業に適し、もう半分は極道の世界に向いていなければならない。特に人の心を読み取る能力を身につけている男に的《まと》を絞り込んだ。宅見の求める人材の供給先はおのずと限られた。

「極道稼業を自分の一生涯とする」

川北組の組員になった宅見勝が真っ先に手がけたことは、家業の『南大阪氷業』の従業員をかねる川北組員の増強だった。

正業に適しているうえ、極道の世界にも向いている人材探しの場として、彼はキャバレーのボーイに的を絞った。

当時、大阪・南区川原町に『ユニバース』という繁盛している店があった。彼は同店にボーイとしてもぐり込み、同輩として身近から候補者をじっくりと品定めした。

宅見は、2ヶ月間のボーイ稼業で、ふたりの男をスカウトした。後に宅見組を支えることになる舎弟の石田日出夫と望戸節夫である。

宅見は、このふたりを川北組に引き入れた。その後も彼は、人材を見つけ出しては川北組に推薦し、南大阪氷業で生活費を稼がせる配慮をした。組内に宅見グループともいえる強力な細胞ができあがった。

宅見の加入以来、川北組は目覚しい勢いで膨張を続けた。その分、他の組織との間でいざこざが増えた。

1960年、宅見は若頭に昇進した。

素っ堅気《かたぎ》の若者が極道入りして、わずか5年でナンバー2にまで昇りつめたのである。

同年、宅見は、「極道稼業を自分の一生涯とする」（宅見の話）との覚悟を自らに科す意味で、両腕と背中から臀部《でんぶ》にかけて五色《ごしき》で飾った刺青を入れた。左腕が竜、右腕が虎で、背中から臀部にかけては野狐三次の絵柄である。完成までには、現在の貨幣価値に換算して数百万円の費用と1年の歳月がかかったといわれている。

これだけの刺青を入れると激痛と高熱に悩まされ、腎臓や肝臓にダメージをあたえる。それでも極道が刺青を入れる理由は、同業者に対する我慢力と経済力の誇示だといわれている。

宅見が川北組若頭に昇格した2年後、彼にとって大事件が起きた。

62年8月、西成区を縄張りにしている菅谷組（山口組系の組織とは別団体）と川北組との間でシノギをめぐって抗争が起きたのである。

宅見は、若頭として陣頭に立った。

猟銃や日本刀が使用された。

抗争は断続的に数日間続けられ、双方にケガ人が続出した。

同月20日、宅見は、凶器準備集合罪で東住吉署に逮捕、川北組長から末端組員までの大量検挙をまねいてしまい、同組は解散に追い込まれてしまった。

川北組の後ろ盾を失った南大阪氷業は、顧客の過半をしめる飲食店やバー、キャバレーを失い、急激に経営が左前になった。宅見は思い切って店を閉めた。

宅見は、このときの心境を、後日、このように語っている。

「いっとき、この際堅気になって生活を送ろうと考えましたものの、一度、極道社会に足を踏み入れ、7年間もの歳月を過ごしたその垢《あか》は、おいそれと流れ落ちることもなく、また、流れ落とそうという気持ちにもなれず、極道を自分の一生涯とする決意から……」

彼は、再度、極道の世界で花咲かせることを願った。

宅見のまわりには、彼が極道の世界に引き入れた若い者が、新聞配達やパチンコ店で糊口《ここう》をしのいでいた。そんな彼らの姿を見るにつけ、宅見は、自分自身に気合いを入れた。

丸1年が過ぎた。

当時、大阪市南区久左衛門町に組事務所を開いていた山口組系福井組の代貸・木村実が宅見を訪ねてきた。

福井組の福井英夫組長は大阪工大卒のインテリヤクザである。彼は、大阪芸能協会や南海建設工業を主な資金源としていた。

福井英夫組長は、川北組時代の宅見の手腕を高く評価していた。とくに経済基盤を整えながら組員を増やしていく手法を絶賛していたのである。

「うちの組にはおまえの働き場所がある。どうだ、こないか?」

木村が誘った。

背中の刺青がうずいた。

福井組は、山口組の直参ではあったが、62年に結成されたばかりの新しい組織だった。それだけに働きぶり次第で、いくらでも昇格のチャンスがあった。

「うちの親方が、おまえの腕を買うとる。もうひと働きしてみんかい……」

木村実が熱っぽく口説いた。

宅見に否はなかった。

「おおきに、代貸におまかせします」

63年9月、宅見は、福井英夫の盃を受け、福井組の若衆になった。

彼は、山口組の第二次団体に足場を築いたのである。このころの山口組は、旭日の勢いで大阪を制覇しつつあった。

60年8月、山口組三代目組長の田岡一雄は、大阪・ミナミのサパークラブ『青い城』で歌手の田畑義夫と飲んでいた。

このあたり一帯は、在日韓国・朝鮮人を主体とする明友会が根を張っていた。また、同地区内には日本人を中心とする南道会も進出しており、両組織は、年中、小競り合いを繰り返していた。サパークラブ『青い城』は、そんな渦中にあったのである。

山口組の田岡組長たちが気持ちよく飲んで遊んでいる席に、酔っ払った明友会の幹部が近づき、田畑義夫に歌うことを求めた。田岡のボディガード役が、その申し出を拒否した。明友会側は納得しないばかりか、同席していた山口組員3名を殴ってしまった。

この争いがきっかけになって、以後、山口組は数次に渡って明友会側を攻撃した。この打撃で事実上、明友会側は壊滅した。

宅見勝が福井組入りをしたころ、彼の妻は西成区西皿池町の狭い文化住宅で大きな腹を抱えていた。家財道具の間を荒い息をつきながら動きまわる彼女の姿を見るにつけ、極道稼業に身を置いていても、妻子にだけは人並みの生活をさせてやらねばと、宅見は考えていた。

彼は、南大阪氷業を経営していたときに、顧客として多くのバー、クラブ、小料理店などの飲食店を抱えていた。これらの店のほとんどに何人かの演歌師が出入りし、それなりの稼ぎをあげていることを知っていた。

宅見は、これらの演歌師を街のチンピラや他団体から保護してやるかわりに、会費を納入させる組織を作ることを思い立った。

64年5月、彼は大阪・南区千日前の相合ビル2階に『南地芸能』という芸能事務所を設立した。

彼は、福井組の看板を盾にして、ミナミの繁華街を流して歩く演歌師を徹底的にスカウトしまくった。その一方で、地域の盆踊り大会やヘルスセンターなどから芸人の派遣を請け負い、南地芸能に所属する演歌師たちに仕事を割り振った。

宅見は、旧川北組時代の配下を次々と福井組に入れ、演歌師集めと彼らの仕事先の拡張に力を入れた。

宅見の狙いはあたった。

南地芸能に入ると身を守ってもらえるうえに、仕事を斡旋してもらえるという評判がクチコミとなって、演歌師たちの間にまたたく間にひろまった。

すでに南地芸能よりも前から同じような仕事をしている極道の組織・互久楽会《ごくらくかい》の経営する『関西歌謡クラブ』から会員の演歌師が続々と移籍しはじめた。

翌65年、ふたつの組織の間でもめごとが起きた。幸い、大きな流血事件に発展することもなく、話し合いで双方が折り合った。南地芸能は、キャバレーに歌手を斡旋したり、ボクシングなどの興業にも手を広げていった。

南地芸能の経営は宅見に多大な利益をもたらした。

彼の興味深いところは、こうした利益を自分の財布の中に仕舞い込まないところである。宅見は、福井組員をはじめ他の組関係者に対しても利益金の一部を事業資金として融資した。このようなカネの使い方は、彼が中野会の襲撃に遭うまで変わらずに続けられている。

彼はいわゆるベンチャーキャピタル的な要素を兼ね備えた極道だったと思えるのである。
彼は後年、このころのことを「他の組関係者からも一目置《いちもく》かれるまでになったのです。こうなると運はつきもので、組仲間からの信頼も厚くなり……」と語っている。

35歳にして山口組系福井組の若頭に抜擢

福井組入りして2年後の65年、宅見は若頭補佐に昇格した。カネと人の量が彼を押し上げたのである。

宅見は有線放送にまでシノギの手をのばしていた。

66年6月、大阪の繁華街では日本有線放送と大阪有線放送とが顧客獲得をめぐって激しく対立、双方が互いの契約店の施設を破壊するなど暴力的な行為がエスカレートしていた。宅見は、肩入れをしていた日本有線放送側に立って相手側の責任者に菱の代紋を見せつけて脅した。彼は、恐喝の容疑で大阪・南署に逮捕された。しかし、暴力行為にまでは及んでいなかったために起訴猶予処分となった。

同年、後に宅見組相談役のポストにつく飯田一明が三重県四日市市内に住んでいる関係もあって、同県鳥羽市内に福井組鳥羽支部を開き、自ら支部長の椅子に座った。これは、実質的な宅見組の旗揚げである。

彼が同所に進出したのは、地元組織が掌握《しょうあく》している四日市競輪場の利権が狙いであろうといわれている。福井組鳥羽支部と同競輪場間は近鉄で30分ほどの距離である。

71年、宅見は若頭に抜擢《ばってき》された。

山口組系福井組のナンバー2にまで昇りつめたのである。彼は、まだ、35歳だった。

宅見の極道人生は順風満帆だった。

若頭に昇格した翌年、彼は兵庫県高石市羽衣町に一軒家を買い取り、南地芸能を設立した年に生まれた長女・雅子と妻の家族3人で生活をはじめた。

宅見は中古の国産車を購入、若衆に運転させて家族でドライブに出かけたりと、家庭サービスに心を砕いた。少年時代に味わった赤貧の生活や親戚での居候生活の苦い思いが、そうさせたのかもしれない。

そんな宅見に愛人ができた。

高石市内に移り住んだ直後、宅見は大阪市南区玉屋町にあるクラブ『朱雀』でホステスをしていた西城絵里子と知り合った。瞳の大きい中高な面立ちの女だった。彼女には4歳ほどの女の子がいた。

彼らは間もなく男女の関係になり、宅見は、大阪・南区高津にある彼女の家に通うようになる。

ふたりの間に男の子が誕生したのは79年である。彼はふたりの子供を認知、その3年後の82年には、絵里子を自分の父方の伯母と養子縁組をさせ、宅見姓を名乗らせる心くばりをしている。

絵里子は事業欲のある宅見好みの女性だった。

彼女は、男の子が生まれる2年前の77年、大阪・南区宗右衛門町の明光ビル4階にクラブ『西城』をオープンさせた。さらに南区高津の自宅を処分し、その資金などで大阪・南区島之内にある料亭『東雲』を買収したりしているほどの才媛《さいえん》である。

71年、山健組初代組長の山本健一が、事故死した前任者の跡を継いで山口組の若頭に就任した。

宅見は、山口組系福井組の若頭ではあっても山口組の直参ではない。山本健一との間には雲泥の格の違いがあった。言葉をかけることさえもはばかられたほどである。

このころの宅見は、山口組三代目組長・田岡一雄の盃を受けた同組直系組員のポストを熱望していた。

彼は、山本健一若頭の推薦を受けることが願望を成就する早道と考えた。

宅見は、山本健一への接近をはかった。

彼は、人を介して山健組の幹部に近づき、山本との面談の機会を作ってくれるよう依頼した。宅見には、人を動かすだけの潤沢《じゅんたく》な資金があった。長い時間と巨額な資金がかかったが、彼の目論見《もくろみ》通り、山本健一若頭との面談が実現した。

山本がひいきにしているミナミの高級クラブで飲んでいるところに、偶然、宅見が顔を出したという形で、山健組の幹部が二人を引き合わせたのである。

「組長、先日、ちょっと話をさせていただきました福井組の若衆です……」

宅見の意を受けている幹部が山本の耳元でささやいた。

「おう、おう……評判は聞いとるで」

直立不動の姿勢で立っている宅見に山本は笑顔を向けた。

「宅見勝と申します。以後、お見知りおきください」

彼は、深々と腰を折った。

山本が笑みを浮かべながら別の幹部に向かってあごをしゃくった。

その幹部がボックス席の隅に宅見を座らせると、

「おい……」

といって、宅見にグラスを握らせた。

ホステスが宅見のグラスにビールをそそいだ。

「頂戴します」

宅見は、山本若頭に向かって目礼《もくれい》した。

それから数日後。

宅見の意を受けている山健組の幹部を通して彼は、山本に土地取引の商談を提案した。

すでに買い手の決まっている土地の購入を勧め、短期間で本来の買い手に転売させて利ざやを抜かせるのである。振出人が回収を決めている裏社会に流れる小切手を、山本に捨て値で買い取らせる商談なども持ち込んだ。こうして宅見は、少しずつ山本若頭の懐《ふところ》に入り込んでいった。

極道者としての器量

宅見は、山健組幹部たちとも積極的に交流をした。彼らのシノギの元手もふたつ返事で融資した。

山口組直系組長たちの多くが、宅見を山健派とみるようになっていた。

１９９７年４月、宅見は、山口組若頭の山本健一と、彼が親しく付き合っている稲川会常任理事で滝沢一家総裁の滝沢良次郎を、福井組鳥羽支部が掌中《しょうちゅう》にしようと狙っている四日市競輪場に招待した。

山本と滝沢には、それぞれに組幹部が３名ほどついていた。彼らを招待した宅見側には、後に宅見組相談役になる飯田一明ら福井組幹部と同組鳥羽支部の幹部クラスが顔をそろえていた。

この日、総勢14、15名が競輪を楽しんだ。

彼らは、極東会と関係の深い橋本組が仕切っているノミ屋を通じて車券を買っていた。最初のうちは、滝沢の予想で1レースに20万円ぐらいを賭けていた。穴狙いだった。惨敗が続いた。

何レース目かの車券を通しにいった飯田が、顔を真っ赤にして山本若頭や宅見らが観戦している席にもどってきた。

「頭……」

飯田が、宅見の耳元で声を殺していった。

「こんな甘い予想なら、なんぼでも受けますわと、橋本組の連中がいうてますわ」

宅見の表情から笑顔が引いた。

彼は、膝の上で握りしめたこぶしをふるわせた。

自分の将来を賭けている山口組若頭の前で、地場の極道にすぎない橋本組になめられていると感じたからである。

このふたりの短い会話を聞きつけた山本は穏やかな表情をしていた。しかし、彼も相当気分を害したとみえ、次のレースは自ら予想を立て、現金50万円を飯田に託した。

「わしもヤマケンの頭に乗るわ」

稲川会の滝沢が20万円の掛金を飯田に渡した。

ふたりの大物を接待する側の宅見は、有り金全部を賭けたい気持ちを必死に抑え込んだ。飯田は、山本や滝沢の掛金を預かると、再び橋本組のノミ屋へ車券を通しにいった。彼が持ち込んだ金がかなりの金額になっていたせいか、橋本組組員が賭け主の身元について根掘り葉掘りたずねだした。

時間がどんどん過ぎていった。

飯田は苛立《いらだ》った。

「身元を明かさんと受けられへんいうんか?」

「いや、そうやないが、知りたいねん」

「さっき、なんぼでも受けたると大見得を切ったのはだれや?」

「受けんとはいうてないがな」

車券の投票窓口の受付締め切りを伝えるアナウンスが場内に流れた。

飯田の話す言葉の端々から賭け主が山口組の若頭と稲川会常任理事であろうと見当がついたせいか、橋本組のノミ屋は投票窓口が締め切られたことを理由に、飯田が持ち込んだ賭けの受付を拒絶した。受けた投票が当たってもはずれても、橋本組にとってリスクがあまりにも大きかったからである。

本来、ノミ屋は、公設の投票窓口が締め切られても、選手の出走を知らせるピストル音が鳴るまで掛金を受けつける。それが今回だけはあつかいが違った。

「投票締め切り前にカネを持ってきとるやないか」

飯田がねばった。

「あかん、時間切れや」

ノミ屋の態度は変わらなかった。

「ガキの使いと違うで。ゼニを受け取れ」

飯田は、相手に金を押しつける。ノミ屋は体をよじって、それを拒んだ。

この騒ぎを聞きつけて、ノミ屋側のバックにいる橋本組の若衆が集まってきた。

「どこのガキや。ひとのシマにきて、ほえとるんは……」

「山口組内福井組の者や。なめとるんか?」

飯田が啖呵《たんか》を切った。

険悪な空気がみなぎった。

争いに巻き込まれるのを避けようと、一般客が、彼らのまわりから移動をはじめた。

レースがスタートした。

各選手が団子状態でコースを周回した。最終コーナーを回ったところで、本命選手の足色がにぶってきた。

観覧席にどよめきが起こった。本命選手を中心とする集団が僅差でゴールになだれ込んできた。

悪いことは続いた。

山口組若頭が予想した車券が的中《てきちゅう》してしまったのである。

飯田とノミ屋の間では、「受けた」「受けない」の争いが激化していた。車券を通しにいった飯田が、いつまでももどってこないため、宅見は幹部のひとりに様子を見に行かせた。

その幹部が緊張した様子でもどってきた。穏やかならぬ雰囲気を感じ取った宅見が、幹部のもとに歩み寄った。

「頭、橋本組が車券を受けないと言いだしたせいで争いになっとります」

幹部が声を殺して報告した。

「うーん」

宅見は頭を抱えた。

予想車券の受けをノミ屋に拒否されましたでは、山口組と稲川会の大幹部ふたりを招待した立場として格好がつかない。山口組の看板に泥をぬられたと、宅見は受け止めた。とりあえず、この急場はしのがなければならない。

彼は、兄弟付き合いをしている地元の吉田屋一家副総裁の伊東國夫に電話で事情を説明し、現金で１００万円を競輪場まで届けてもらった。

「兄弟、恩に着るぜ」

「なにを水臭えことといって……」

ふたりは場内売店の前で別れた。

宅見は、このカネに福井組幹部らから集めた現金をくわえ、合計230万円を工面すると、山本健一若頭に渡した。滝沢良次郎稲川会常任理事には、自分の懐に残っている金をまわし、なんとか形を整えた。

山本は軽く笑いながら宅見の肩をたたいた。彼らは帰り支度をはじめた。

「本日は、こんな田舎にまで出張《でば》っていただきまして、ありがとうございました」

宅見は、深々と腰を折った。

彼は、山本健一から極道者としての器量をはかられていると感じていた。

宅見は、山本健一と滝沢良次郎らを新幹線の名古屋駅まで送り届けると、四日市競輪場にとんぼ返りをした。

まだ、何レースか残っていた。


「おまえら、わしらをどこの者と思っとるんじゃ」

橋本組系のノミ屋は商売を続けていた。

宅見が福井組員を引き連れて乗り込んだ。

彼の表情はメンツをつぶされた怒りで引きつっていた。

それでも沸騰する感情を抑え、橋本組系のノミ屋の責任者と話し合いをもった。

しかし、掛金を受けた、受けないで双方の意見は平行線をたどった。現場責任者相手ではラチがあかないのである。

「おまえら、わしらをどこの者と思っとるんじゃ」

宅見がほえた。

「なめとったら、あかんぞ」

飯田が、右腕を懐に差し込み、すごみをきかせた。

相手側が棒を飲んだようになった。

「早う親方に連絡をせんかい」

「へえ……」

現場責任者は、宅見に向かって小さく頭を下げると、配下に向かって組長に連絡を取るよう指示した。

若い者が電話をかけに走った。

この日の最終レースが終わり、スタンドの観客が帰りはじめたころになって若い者がもどってきた。彼は、現場責任者に小声で報告をしている。

「うん」

現場責任者は宅見に向かい、

「親方がつかまりまへん。代わりに組長代理が電話口に出ておます」

といった。

宅見が飯田に向かってあごをしゃくった。

彼は、目でうなずくと、橋本組の若衆と一緒に公衆電話に向かった。彼と橋本組ナンバー2との話し合いで、双方による協議の場がセットされた。

同日午後9時過ぎ。

四日市市観光ホテルで宅見、橋本組組長代理、三重県津市内に居住する山口組直系若衆による三者会談が開かれた。この直系若衆は宅見の兄貴分である。

宅見は、話のもつれから説明をはじめた。物静かな話し方だった。

橋本組組長代理が、うなずきながら話を聞いていた。山口組直系若衆は目を閉じて、腕組みをしたまま動かなかった。

ことの非がどちらにあるのか明らかだった。橋本組の組長代理は深く息を吐くと、

「福井組頭のいい分は、しっかりと聞かせてもらいました。いっぺん組事務所にもどって、わしとこの親方の話をよく聞いたうえで、返事をさせてもらうということで、どうでっしゃろか」

といった。

「そう長いこと、待てへんで」

山口組の直参を協議の見届け人としている手前、宅見としても強気の姿勢を崩すわけにはいかなかった。山口組の看板は、橋本組にとって強大なプレッシャーとなった。

「わかっとりま。明日、はっきりとさせますよって……」

組長代理がいった。

「わかった、それでええ」

宅見は、最後まで表情をゆるめなかった。

翌日夕方。

宅見と橋本組組長代理との会談が、四日市近鉄観光ホテルの喫茶室でおこなわれた。宅見には飯田ら2名が、組長代理には3名の若衆がついていた。

組長代理がテーブルの上に紙包みを置き、

「親方から預かってきた3つが入っておりま。頭には迷惑をかけ、すまんことをしました」

と、頭を下げた。

飯田が無造作に300万円入りの紙包みを革のバッグにおさめた。

暗殺までの15328日

第二章

山口組直参へ

三代目田岡組長の逆鱗に触れた菅谷問題

宅見勝が山本健一若頭を橋頭堡《きょうとうほ》にして、山口組直参入りの工作活動をしていたころ、山口組は大阪戦争に突入していた。

この抗争は山口組の下部組織、大阪に根を張る博徒・松田組系溝口組の賭場《とば》荒らしからはじまっている。

溝口組の賭場は雑居ビルの地下にあった。

何の変哲もない喫茶店のカウンター横のドアを抜けると中廊下に出る。そこから数メートル先に鉄扉があり、小さな覗き窓から客筋を確かめたうえで室内に入れる仕組みになっている。喫茶店内にも中廊下にも数人の組員が見張り番をしている。警察の手入れを防ぐためである。

この賭場に山口組系佐々木組傘下の徳元組組員4人が姿を見せるようになったのは1975年6月になってからである。

彼らは、顔を出すたびに賭博のしきたりを乱す嫌がらせをおこなった。

溝口組の賭場は一度の勝負で500万円前後の賭け金が動いた。客がひと勝負に張る金額は最低でも1万円単位である。そんな賭場で徳元組員らは千円ずつ張った。

胴元の溝口組員らは賭場の格式に泥をぬられたと感じた。

徳元組員らの魂胆は明らかだった。賭場のアガリの分け前を狙っていたのである。

当初、こうした嫌がらせを溝口組は無視した。同じ山口組系の一《はじめ》会と友好関係にあり、稼ぎの一部をまわしていたからである。

徳元組の嫌がらせは7月に入っても続いた。

溝口組の我慢も限界だった。

7月24日夜。

賭場への入り口になっている喫茶店に肩をゆすりながら徳元組の4人が姿を見せた。

「奥へはいるんは遠慮してんか」

10人ほどの溝口組員が彼らを取り囲んで制止した。

「なんやと……」

徳元組員が怒った。

「わいらをどこの者と思うとるんじゃ」

菱のバッジをこれ見よがしに胸を張った。

しかし、この場は多勢に無勢である。彼らは悪態をつきながら引き揚げていった。

それから2時間ほどが過ぎた同日午後11時過ぎ、溝口組の組事務所に徳元組組員から電話が入った。

「さっきは、ようコケにしてくれたな。話をつけようやないか。出てこいや」

徳元組員は、大阪府豊中市南桜塚にあるスナック『ジュテーム』を指定した。

この通告を溝口組員たちは果たし合いと受け取った。

「よっしゃ、行ったる」

そうはいったものの溝口組の溝口正雄組長には、山口組と、ことをかまえることに躊躇《ちゅうちょ》があった。彼は、親しい関係にある大日本正義団の吉田芳弘会長に相談を持ち込んだ。

大日本正義団は松田組系村田組の傘下組織である。いわば溝口組とは親戚関係にあたるので、溝口組長から持ち込まれた相談事をふたつ返事で引き受けた。

吉田には山口組上層部と強いつながりがあった。

同組直参で最大勢力を誇る菅谷組（菅谷政雄組長）の石田稔夫若頭補佐や生島久次若頭補佐と吉田は兄弟分の縁組をしていたのである。こうした関係から吉田は、菅谷組長にも可愛がられていたのである。

徳元組からジュテームにくるよう指定された日時は26日午前零時である。

その前夜、吉田会長と溝口組長が謀議を重ねた。

その結果、溝口組の鉄砲玉３人に拳銃を所持させることに決まった。

26日午前零時少し前、溝口組の３人は大阪・太融寺の組事務所を車で出てスナック『ジュテーム』に向かった。

組事務所からジュテームまでは直線距離で約10キロ、深夜だと30分とはかからない距離である。

マンションの1階にある同スナックは、7、8人が座れるカウンターテーブルと3つのボックス席だけの小さな店である。

溝口組の鉄砲玉がジュテーム前に到着したのは午前零時35分ごろであった。

彼らが店のドアをくぐったとき、店内にいたふたりの徳元組員が懐に右手を差し入れる仕草が見えた。あとのふたりの組員はグラスを手にしていた。

「山口組が、なんぼのもんじゃい」

鉄砲玉がほえた。

次の瞬間、彼らの拳銃が火をふいた。

ふたりの徳元組員は胸、腹に4発の銃弾を撃ち込まれ、即死だった。

グラスを持っていた組員が転がるようにして店外に出た。

溝口組の鉄砲玉は彼らに向かって乱射した。

ふたりに2発が命中した。腹を撃たれた組員も即死だった。

もうひとりは首に2発の銃弾を受けていたが致命傷にはならなかった。

一瞬にして3人が射殺され、ひとりが重傷を負うという惨劇《さんげき》が展開された。世にいう大阪戦争の幕開けである。

山本健一若頭が寄せた厚い信頼

大阪府警が〝ジュテーム事件〟の犯人を割り出すのは早かった。重傷を負った徳元組組員の証言から同日中に溝口組組員の犯行と断定した。

松田組系溝口組の犯行と知った山口組は、ただちに報復攻撃に走った。

菱の代紋を踏みにじられた山本健一若頭の怒りは相当なもので、傘下各組織に対して松田組への報復を指示した。

山口組は、ほぼ連日にわたって松田組へ波状攻撃をかけた。

山口組が狙ったのは松田組の幹部たちである。松田組本家事務所、樫組長宅、溝口組の上部団体である村田組組長宅が、次々と銃弾を浴びた。

報復攻撃の先陣に立ったのは中西組、梶原組、白神組などで、なかでも傘下組織である徳元組の4人を殺傷された佐々木組の怒りは図抜けていた。

彼らは拳銃を携行し三人一組になって松田組幹部の姿を追い求めた。こうしたなか、山口組に大問題が起こった。山口組の大幹部である菅谷組の菅谷政雄組長の言動が田岡一雄三代目組長の逆鱗《げきりん》に触れたのである。

山口組系徳元組組員4人が死傷した〝ジュテーム事件〟の張本人である大日本正義団会

長吉田芳弘の要請を受けて菅谷組長は和解工作に動いたのである。山本健一若頭や幹部会の頭越しの行動だった。

この菅谷組長の動きは、またたく間に山口組内に広まった。

反菅谷派から非難の火の手があがった。

報復攻撃の先頭に立っている若頭の山本健一の怒りはおさまらなかった。この菅谷問題を幹部会に諮《はか》ったうえ、田岡一雄組長に決断を仰いだ。彼は、躊躇することなく菅谷組長を若頭補佐からヒラの若衆に降格し、謹慎処分をいい渡した。

菅谷組の勢力は山口組内でも突出していた。枝の組員をふくめると1千人以上の大規模組織である。そんなおごりが菅谷にあったのか、彼は独断専行をあらためなかった。菅谷組傘下の川内組組長が、自分の頭越しに山口組の直参になる工作を進めているとして77年4月、ヒットマンを送って同組長を射殺した。2日後、山口組は菅谷組長を絶縁処分とした。

菅谷組長は、山口組から絶縁されても引退はおろか、菅谷組の解散さえしなかった。独立系の組織としての生き残りをはかったのである。この状態を黙過していたのでは山口組の面目は丸つぶれである。若頭の山本健一は、若頭補佐の竹中正久を呼び出すと、菅谷問題の処理を一任した。

このころ、山口組の出方をうかがっていた菅谷組長は所在をくらませていた。彼の持つ情報網に山口組の不穏な動きが引っかかっていたのである。

「菅谷探しには福井組の宅見を使うてや。あいつは地元やし、情報も豊富で役に立つ男やから……」

山本健一は、宅見の能力を高く評価していたばかりか、自分が率いる山健組の幹部と同じように信頼を寄せていたのである。

竹中組の本拠地は姫路である。竹中自身、大阪の地理や情報に精通していなかったため、こうした処置が取られたものと思われる。

数日後、菅谷組長が菅谷組幹部の自宅に身をひそませているという情報がはいった。

「最低でも菅谷を引退に追い込まな顔が立たんな」

そうつぶやくと竹中は、宅見を水先案内人にして、菅谷組幹部宅に向かった。

それから数日後、菅谷は出資法違反で逮捕された。

3年後の80年末、彼は、収監先の府中刑務所内から引退を表明し、翌81年5月に出所すると翌6月、菅谷組は解散した。菅谷の留守中に宅見らによって組織がズタズタに切り崩されてしまったせいである。

本部襲撃後に遁走した吉田会長探し

話は少しさかのぼる。

〝ジュテーム事件〟から1ヶ月半後の75年9月11日早朝、大日本正義団の平沢祐吉が、山口組本部にブローニング45口径3発を撃ち込んだ。山口組の本丸が銃弾にさらされたのは前代未聞のことであった。

同正義団の吉田会長は、平沢の行動を確認すると、それから数時間後に大阪空港から韓国・ソウルに飛んだ。山口組の攻撃から身を隠したのである。

そうとは知らない山口組では山本健一が陣頭に立って吉田会長探しがはじまった。それは、巨額の資金と大量の組員を投入した物量作戦で、吉田会長が立ち回りそうなクラブ、キャバレーなどが拳銃を懐に入れた三人一組の山口組組員によって、連日、徹底的に捜索された。

大阪・ミナミの繁華街を縄張りとする宅見の配下が耳寄りな情報をひろってきた。

「頭、吉田の女がミナミのキーセンクラブにおます……」

「ほんまか？」

宅見の目の色がかわった。

「わし、この目で女の姿をちゃんと確かめとりますんや」

「ようやった」

「尻のぴょんとあがった、ええ女やった」

組員が好色そうな表情を浮かべて、そう報告する。

「余計なことはいわんでええ」

「へえ」

組員がバツの悪そうな顔をした。

「その女のヤサはわかっとるんか?」

宅見がたずねた。

「まず、頭に吉田の女の所在を報告した後で、調べよ思うてましたんや」

「そうか、それでええ。もう店には行かんでええぞ。そっから先はわしの仕事や」

宅見は、有力情報を抱えてきた若衆にたっぷりと小遣いをあたえ、労をねぎらった。

彼は、懇意にしている韓国クラブのママを呼び出すと、キーセン・クラブの女から吉田との関係を聞き出すよう依頼した。女同士で話をさせたほうが疑われずに情報が手に入りやすいと考えたのである。

翌日には詳細な情報が宅見のもとに届けられた。彼は、それを山本健一若頭に直接伝えた。

大日本正義団会長の吉田芳弘は、韓国へ遁走《とんそう》する数日前にキーセン・クラブ『新羅《しらぎ》会館』

で愛人を相手に豪遊をしている。その際、この23歳の韓国女性に対して吉田は、「仕事で韓国に行ってくるが、10月3日には帰ってくるので一緒に日本橋の電器問屋へ行こう。おまえの帰国土産を買ってやるから」と約束していることがわかったのである。

「この吉田の愛人は、業務ビザで入国しています。そのビザの切れる10月5日に帰国することを航空チケットで確認しておます」

宅見は山本若頭への報告で、そういい添えた。

「そなら吉田のガキ、間違いなく3日に女と会うな」

「間違いおまへん」

宅見が応じた。

「あのガキ、きっちりオトシマエをつけたる」

山口組本部がカチコミをされただけに、山本の怒りは激しいものだった。

「うちからも若い者を出しましょか?」

宅見がいった。

「いや、ええわ。あとはこっちでやるさかい……」

ちょっと思案した後で山本は、そういった。なにやら目算があるような口ぶりだった。

「悪いようにはせんから、楽しみに待っててや」

大日本正義団の吉田会長は愛人との約束通り、10月3日午後1時大阪空港着の日航機で帰国した。

同空港には配下の西辻秀勝が白のクラウンで出迎えていた。彼は吉田会長のボディガード兼運転手である。

「ごくろうさんです」

空港施設から大型のボストンバックをさげて出てきた吉田に、西辻は深々と腰を折った。

「ああ……」

バッグを西辻に預けると、彼はそのままクラウンの後部座席に体をしずめた。

「おい、新羅会館へ行けや」

吉田が命じた。

「ミナミの新羅会館でっしゃろか?」

怪訝《けげん》な声音だった。

「あほか、決まっとるやろが」

「へえ……」

白のクラウンは、空港から高速道路に乗りミナミに向かった。ハンドルを握る西辻は、山口組の襲撃を恐れてフェンダーミラーに注意をそそいだ。

「わしの留守中、変わったことはなかったか?」

「へえ、なんもおまへん」

「ヒシモンジの動きは、どうや?」

関西の極道たちが使う隠語で山口組を指す。吉田の口ぶりからは報復を恐れていることがうかがえた。

「へえ、表立った動きは見られまへん」

バックミラーを覗き込みながら、西辻がいった。

「そか……相手は夜郎自大《やろうじだい》のヒシモンジや、気ぃ張っとかなあかんで」

「みんな、チャカを腹に入れとります」

チャカとは拳銃を意味する隠語である。

「隙《すき》を見せんこっちゃ……」

「わかってま……」

ミナミのインターチェンジを降りた西辻は、すぐ目の前にある新羅会館をやり過ごし、大きく周回をした。山口組の追尾を恐れたのである。彼は、後続車を警戒しながらふたたび新羅会館前にクラウンを着けた。そこには吉田の若い愛人と、その友人の韓国女性が待っていた。

吉田はクラウンの中からふたりの女を手招きした。彼女たちが笑顔を振りまきながら後部座席に乗り込んできた。

「日本橋筋まで行けや」

吉田がハンドルを握る西辻に命じた。

「へえっ、電器街でっしゃな」

「そや……」

吉田は短く答えると、愛人を相手に土産話に興じた。

ここから日本橋筋までは通常のルートをとっても車で5分ほどの距離である。

西辻は、クラウンを発進させた。

彼は、わざわざ細い路地を縫うように走ったり、一方通行路を逆走したりした。道路地図にも載っていない細い道を左右に曲がりながら20分もかけて日本橋筋にはいった。山口組の急襲を警戒していたのである。

「おまえは、ここで待っとけや。すぐもどってくるさかい」

そういい置くと吉田は車を降り、ふたりの女を連れて電気街めぐりをはじめた。

彼の表情からは緊張感が消えていた。

愛人と冗談をいいあい、笑い声を立てながらぶらついては電器店に入ることを続けていた。

日本橋筋に着いてから30分ほどが過ぎた。

何軒目かの店から彼らが外へ出てきたとき、吉田の背後から極道風の男たちが駆け寄ってきた。山口組系佐々木組内入江組の4人のヒットマンである。

ただならぬ気配を感じ取った彼が振り返ろうとしたとたん、連続して拳銃の発射音が商店街に響き渡った。

立ち木が引き倒されたような格好で、無言のまま吉田が路上に倒れた。買い物客の間から悲鳴があがった。店の外に積み上げられた商品の山が崩れ、あたりに散乱した。

銃声を聞きつけた西辻が現場に駆けつけたときには、すでに吉田は絶命していた。3発の銃弾が彼の背中から心臓を射抜いていたのである。

吉田の愛人は放心状態で路上にしゃがみこんでいた。

翌4日。

宅見は、山本健一若頭から山健組の組事務所に呼び出された。

「兄弟、おつかれさん……」

山健組の幹部たちは、当時福井組組員だった宅見を身内としてあつかっていた。

「いやぁ、おつかれさん。組長は？」

「親分は奥の座敷でお待ちしております。どうぞ……」

山本健一は、宅見を座敷に招き入れた。

彼は、疲れきった表情をしていた。恐喝未遂や暴力行為など6つの罪で起訴され公判中の身だったが、肝臓病の悪化で保釈中だったである。

「あれ、聞いておるやろ。佐々木組の枝の者がタマを取られているんで、あそこは佐々木組長に華を持たせてやったわけや。わかってや……」

「いや、わしになんの異存もおまへん。頭の顔が立てば、それでよろしゅうおます」

「そうか、おまえにはこれまでにも苦労をかけたが、悪いようにはせんから、楽しみに待っててや」

山本健一は、遠まわしないい方ながら、宅見が熱望している山口組直参への推薦を、それとなく伝えた。

「頭のご厚意には感謝の言葉もおまへん」

宅見が、深く頭を下げた。

くすぶる大阪戦争

吉田芳弘会長が佐々木組系のヒットマンに射殺された時点での大日本正義団の組員は20数名にまで減っていた。山口組との戦争に嫌気《いやけ》を起こして組織を去った者や抗争に巻き込まれて10数人もの組員が警察に検挙されていたからである。吉田会長亡き後の跡目問題で頭を痛めたのが大日本正義団の上部団体の村田組である。

村田組長は散々悩んだ挙句《あげく》、吉田芳弘会長の実弟・吉田芳幸に会長ポストを継がせた。

このころの大日本正義団のシノギは組事務所の2階で細々と開いていた賭博ぐらいのものだった。二代目会長の芳幸は極道の世界に飛び込んでからまだ3年ほどという経歴の浅さもあって上客を呼び込む力がなかった。そんなこともあって彼らの賭場で動く賭金は、ひと晩でせいぜい100万円というところだった。組織へのあがりもしれていたから、組員はいつもピイピイしていた。

組の台所が苦しいこともあって、吉田芳幸の山口組憎さの怨念は燃え募った。

「なんとしても先代会長の仇を討たないけんぞ」

ことあるごとに芳幸は若頭の大矢修に檄《げき》を飛ばした。

山口組と敵対する関西二十日会のメンバー組織からも、「二代目会長の仕事はただひとつ。先代会長の仇討《あだう》ちや……」という声が日増しに大きくなっていた。

「軍資金はなんぼかかってもええ。わしがなんとかするけぇ」

芳幸会長はいった。

「へぇ、肝っ玉のすわった若い者を選んで、いくつかのチームを作るつもりでおます」

若頭の大矢が答えた。

「倍返し、いや三倍返しや。しっかり頼むでぇ」

「あんじょうやりまっさかい、まかしておくれやっしゃ」

芳幸は、額にこぶしをあてながら、

「こっちの方に気取られんようにな」

と、大矢に念押しをした。

取締り当局の動静に注意をうながしたのである。

「へぇ、わかっとりま……」

大矢が胸を張った。

彼は、初代会長の吉田芳弘を殺った佐々木組の佐々木道雄組長に狙いを定めていた。75年11月、その前線基地として神戸・三ノ宮駅近くの佐々木組長宅付近にアジト二箇所を設営した。

第一アジトは、大日本正義団の上部団体である松田組と友好関係にあった忠成会が提供したマンションの一室である。大矢は、ここに拳銃を携行する組員を4人常駐させた。佐々木組長の姿を見つけ次第、襲撃するよう指示をあたえていた。第二アジトは吉田会長のスポンサー筋が提供してくれたマンションの一室で、自動小銃、パイナップル（手りゅう弾）などを持ち込み武器庫としていた。ここには一日おきに3人の組員が顔をそろえた。

大日本正義団の報復攻撃はひょんなことから挫折した。情報が漏れたのである。77年3

月、兵庫県警の機動捜査隊が二箇所のアジトに踏み込み、待機中の大日本正義団の組員や大矢若頭を検挙、同年8月には吉田芳幸会長を銃刀法違反容疑で逮捕した。これで大阪戦争は沈静化したかのように思われた。

山口組直系若衆に取り立てられ宅見組を旗揚げ

翌78年1月、宅見勝は、自分の親分である福井組組長の口ぞえで、山本健一若頭を推薦人にして山口組三代目田岡一雄組長から親子盃を受け、はれて山口組直系若衆に取り立てられた。このとき、福井組舎弟の南力も同時に直参になっている。

正式に宅見組が旗揚げされた。

大阪・南区千日前の相合ビル2階に出していた南地芸能の事務所を組事務所に衣替えさせた。事務所の壁には三代目山口組・田岡一雄組長、福井組・福井英夫組長、そして自分の顔写真を掲げた。さらに、各組員の名札、組名入の提燈《ちょうちん》、組の綱領などを四囲の壁に張り出した。

また、連日交代制の当番組員を置くことになった。責任者1名をふくむ4名制である。机とソファも新しいものに取り替え、組事務所に一変させた。このころの宅見組直系組員は63名である。このうち、極道の世界に踏み入ったばかりの若い宅見と、ずっと苦労をともにしてきた彼の弟分にあたる舎弟と幹部組員だけを列挙してみる。

副組長　倉本広文
相談役　飯田一明
相談役　和田昭政
舎弟頭　山下大介
同補佐　坂本一郎
同・本部長　大原広司
舎弟　佐山利次
同　石田日出夫
同　望戸節夫
同　奥本正
同　松田弘
同　児玉義治
同　玉井寛
同　津田功一
同　荒牧堅次郎
同　大野泰弘

同　　　佐藤誠司
同　　　林　勝
同　　　林　一義
同　　　山田健二
同　　　西本隆雄
同　　　松島数廣
若頭　　入江禎
若頭補佐
兼副本部長　伊藤和雄
若頭補佐
兼事務局長　中田良行
若頭補佐　安田雅弘
同　　　西村照男
同　　　岡本友秀
同　　　木下重雄
同　　　寺田昌三
同　　　佐伯義和

同　東山高明
同　樋口明
同　酒井富士男
同　中村良夫
幹部　大丸仁
同　岩見光重
同　中上寿美
同　北村日出入洲
同　南田慶次
同　佐山好光
同　吉山健一
同　白井修
同　高橋甫幸
同　前田博次郎

佐々木組組長のタマを狙った件で銃刀法違反に問われていた大日本正義団の吉田芳幸会長は保釈され、公判中だった。

彼は、実兄で初代会長の仇討ちをあきらめたわけではなかった。宅見が山口組直参になったころ、芳幸会長の意を受けた大日本正義団の鉄砲玉が山口組大幹部の周辺に出没するようになった。

彼らのターゲットになったのは田岡組長、山本健一若頭、佐々木組組長である。鳴海清ら数人の鉄砲玉は連日のように大阪・生駒山の山中で拳銃の射撃訓練をおこなっていた。こうした動きは山口組の情報網にキャッチされていた。

同年6月23日午後9時半ごろ、国鉄阪和線の我孫子町駅から500メートルほどのところにある松田組樫忠義組長宅に銃弾が撃ち込まれた。松田組は大日本正義団の上部団体である。

樫組長宅は鉄筋3階建てで、屋上には3台の監視カメラがすえられ、厳重な警備体制が敷かれていた。山口組系の鉄砲玉ふたりは、車で同組長宅前に接近、車中から通り抜けざまに38口径拳銃を6発乱射した。このうちの3発が玄関のアルミ製ドアをぶち抜き、当番組員が居住する玄関奥の6畳間の壁に命中した。

発砲音を聞きつけた近所の住民が警察に通報した。松田組側では、その事実を否定した。山口組と正面から衝突するのを避けたのである。

大阪府警本部と兵庫県警は、樫組長宅、松田組本部事務所、大日本正義団事務所、田岡組長宅、山口組本部をはじめ最高幹部宅に警備網を強いた。抗争の再燃を警戒したのである。

松田組の樫組長は自宅に篭城《ろうじょう》した。

組織運営を協議する組長会は、毎月、本部事務所でおこなわれていたが、カチコミ事件後は樫組長宅で開かれるようになったほど彼の警戒心は徹底していた。山口組との全面戦争だけは回避したかったのである。

しかし、こうした松田組組長の意向は孫組織である大日本正義団には届かなかった。松田組―村田組―大日本正義団という縦のラインが寸断されていたのである。大日本正義団は、松田本家はもとより、直接の上部団体である村田組とも疎遠になっていたのである。

そんな彼らが田岡の行きつけの高級クラブを割り出すのは宅見が直参になった直後のことである。会長の吉田芳幸は、田岡の通う数軒の高級クラブに酔客を装った組員を閉店まで張りつけた。田岡襲撃までの約半年間に彼らが高級クラブに落とした金は600万円にもなるといわれている。

三代目田岡組長襲撃事件発生

1978年7月11日。

この夜、京都は激しい雷雨に見舞われていた。

そんな悪天候をついて京阪電鉄三条駅前にある高級クラブ『ベラミ』の店先に黒塗りのキャデラックが横付けされた。後部シートには田岡一雄が体をしずめていた。

この日午後2時ごろ、田岡は、神戸・灘区の自宅を愛車に乗って出た。この2日前に火災をおこした東映京都撮影所へ見舞いに行くためである。彼のボディガードについたのは若頭補佐の細田利明（細田組組長）、羽根恒夫（羽根組組長）仲田喜志登（仲田組組長）、弘田武志（弘田組組長）、細田組若衆らである。羽根は、一介の若衆にすぎなかったが、所属していた中西組から山口組本家へ行儀見習いに出されたときに田岡夫人の文子に気に入られ、山口組としては異例の抜擢で、田岡の私的ガードマンの役目をあたえられていたのである。

彼らは、京都・太秦の東映京都撮影所の見舞いをすませると、市内の料亭で夕食をとり、その足で『ベラミ』へ向かったのである。

同店は、京都をおとづれる政財界人や芸能人、スポーツ選手などが出入りすることで有名な古都の社交場である。

田岡たちはステージから2列目のテーブルについた。彼は、心臓疾患と高血圧で入退院を繰り返していたこともあってアルコール類はさけ、オレンジジュースをなめるようにしながら外人のリンボーダンス・ショーを楽しんでいた。田岡の左右には細田と弘田が座り、その後ろの席には仲田と羽根がついた。

午後8時半。

ブルーの登山用ヤッケを着た若い男がベラミの入り口をくぐった。身長170センチ、アフロヘアカットの色白で華奢な体つきである。男はクロークで店備え付けの黒の背広を借りるとトイレで着替えた。彼はベラミの常連客で、ホステスやボーイたちには「キムラ」と名乗っていた。大日本正義団のヒットマン・鳴海清である。酒の強い無口な男というのがホステスたちの評判である。

鳴海は田岡たちのいるテーブルの3列後方の席にボーイに導かれて座った。いつものようにホール全体にゆっくりと目を向けた。

その目線の先が一点で止まった。田岡が隣の細田組長になにやら話しかけていた。

彼らは、時折、ステージに向かって拍手を送ったりしていた。

彼はホステスと話しながらも視線を田岡たちに向けていた。

同日午後9時20分ごろ。

リンボーダンスのショーが終わった。

このとき、細田組長が羽根組長に飲食代の精算をしてくるように指示した。

羽根組長がテーブル席を立ち、ゆっくりとした足取りで会計窓口に向かった。

鳴海清は、この機会を見逃さなかった。

彼は、やにわに立ち上がると、早足でクロークに行き、預けてあるヤッケを受け取ると自分の席にとって返し、背広を脱いで白シャツ姿になった。

彼は、青色ヤッケのポケットから拳銃を取り出すと、田岡の座っているテーブル目指して突進した。

ボディガード役の羽根は、飲食代の精算を済ませ、公衆電話で田岡御殿の当直組員へ、これから帰る旨の報告をしているところだった。

鳴海は、田岡の斜め後ろ4メートルの距離まで近づくと、彼に標準を合わせて拳銃2発を連射した。気配を察知した細田若頭補佐が田岡の体を抱え込んだ。発砲とほとんど同時である。

1発目の弾丸は田岡の右首筋から肉をえぐって左首筋に抜け、2発目はあごの右側をかすっていった。田岡は、首の付け根を右手で押さえながら床にうずくまった。この2発の銃弾は、隣席にいたふたりの医師の腹と右肩に命中した。

硝煙が鼻を刺した。

逃げまどうホステスと酔客で店内は騒然となった。

鳴海の行動は素早かった。

2発目を撃ち終わると彼は、銃声で混乱する客やホステスを突き飛ばしながら自分のテーブルにもどり、脱ぎ捨てたヤッケをわしずかみにして、ごったがえす出口から姿を消した。この間、わずか数分のことである。

細田と、途中から羽根が加わって鳴海を追った。

彼らは顔面を引きつらせ、

「どかんかい、邪魔じゃ！」

と叫びながらホステスや酔客をかき分け、出口へ急いだ。

鳴海の姿は見つけられなかった。

このとき、羽根は拳銃を隠し持っていた。彼の獰猛《どうもう》な性格から考えて、鳴海の姿を目にしたなら、混雑したなかでも拳銃の引き金を引いただろう。

追跡が失敗だったことをさとると羽根は、馴染みのホステスに拳銃を預けた。通報で駆けつけた京都府警の捜査員から身体検査をされる危険があったからである。

ベラミ側が救急車を呼んだ。

「わしらにはかかりつけの病院があるけぇ、救急車はいらん」

細田が救急隊員にいった。

彼は、田岡を抱えるようにしてキャデラックの後部座席に乗せると京都市内から名神高速道路に入り、尼崎市内の関西労災病院へ向かった。ここは田岡が心臓病と高血圧症の治療でしばしば利用していた病院である。

組織の威信をかけた特命

この狙撃事件の一報をテレビが伝えたのは午後11時のニュースである。そのころには肝臓疾患で自宅療養を続けていた山本健一若頭が大阪・箕面《みのお》市の自宅から田岡の病室に駆けつけていた。

山本若頭と前後するように、宅見勝ら直参たちが引きつった表情で同病院に集まってきた。

田岡の傷は全治1ヶ月の重傷だった。

医師から報告を受けた山本の顔に一瞬、安堵の色が浮かんだが、すぐに表情を引き締めると、集まった直参たちに、

「ええな、ホシは警察よりも先にこっちであげるんや。石にかじりついてでも探し出せ！」

と、檄を飛ばした。

直参たちは数名の幹部たちを残して夜の街に散っていった。

それを同病院1階の広い待合室から見送りながら山本は、宅見を呼び止めると肩を抱くようにして隅のベンチに誘った。

「宅見、おまえはサツのなかにも情報網を持っとるな。なんとしてでも親分を狙った野郎の名前を割り出せ」

山本は宅見に特命をあたえた。

組織の威信がかかった大仕事である。

宅見は興奮した。

京都府警は川端署に捜査本部を設置、キムラの身元割り出しを急いだ。翌早朝、ベラミの店内で彼が座っていたテーブルにあったグラスに残されていた38個の指紋が窃盗、傷害の前歴者カードのそれと一致したのである。捜査本部は、この時点で松田組系村田組内大日本正義団の鳴海清、25歳と割り出した。この情報はただちに宅見から山本若頭に届けられた。

鳴海は、田岡一雄を襲撃した直後、大日本正義団の吉田芳幸二代目会長に電話を入れている。

彼は、犯行の模様をこと細かに報告した。

「ようやった。田岡のタマは取れたんか?」

「そこまでは確認せんと逃げてきましたんや」

「よう、わかった。いまからこっちへこい。今後のことも相談せなあかんしな」

吉田がいった。

「へえ、いまから行きますっさかい」

鳴海は電話を切ると京都・花見小路付近からタクシーをひろった。名神高速に乗り吹田インターチェンジから中央環状線に出て、東大阪市内の吉田会長宅近くで落ち合った。彼らは逃走計画を練った。

警察と山口組の目から逃れる方法は簡単には見つけられなかった。この日は結論を出せずにふたりは別れている。

鳴海は、タクシーをひろうと大阪・西成区萩之茶屋の自宅に帰った。12日午前零時をまわっていた。

このころ、松田組樫組長宅前、松田組本家事務所前、大日本正義団事務所付近には大阪府警の機動隊が厳重な警備についていた。自宅でひと風呂浴びた鳴海は、午前2時ごろ部屋を出た。

鳴海が向かった先は吉田芳幸会長の愛人が住む2DKのマンションである。ここが吉田と鳴海の潜伏場所となった。彼らは12日早朝から13日夜にかけて息をひそめていたのである。

13日午後7時。

吉田会長は、鳴海を部屋に残しタクシーで樫組長宅に向かい、田岡組長襲撃事件の一部始終を報告した。樫組長が鳴海の犯行と知ったのはこのときである。

吉田は15日夜にも樫組長を訪ねている。満足できるような協力は得られなかった。彼は、同組長宅を辞すと金主元の実業家に連絡を取り、逃走資金400万円を工面した。この実業家は、反山口組系組織の関西二十日会に近い人物である。吉田は、この資金を鳴海と折半にした。

その夜、鳴海は、吉田の愛人宅で女装をはじめた。入念に化粧をほどこし、赤茶色のロングヘアのかつらをかぶった。青のブラウスに白のカーディガン、同色のパンタロンで身をつつみ、大きなメガネをかけた。グラマーな女ができあがった。これらの変装用の小物類は、彼が、田岡襲撃前から買い揃えていたものであった。

16日早朝、女装の鳴海は、マンション前からタクシーに乗ると奈良方面に向かった。追っ手を逃れるため途中で何度もタクシーを乗り換え、鈴鹿峠を越えて名古屋に出た。

彼は、JR名古屋駅前で軽い食事をとった後、新幹線『ひかり』で東京を目指した。かねてから親しく付き合っていた住吉連合の組員を頼ったのである。鳴海は、この日以来、7月下旬まで同組員の部屋で身をひそめている。

大阪戦争終結へ

鳴海に狙撃された田岡一雄組長は首の後ろに9センチの貫通銃創を負っていた。全治3

週間である。傷の回復は思ったよりも早かった。彼は1週間も経たないうちに退院し、自宅での静養に入った。

報復攻撃の陣頭指揮をとる山本健一若頭は、ターゲットとして鳴海清のほか、松田組樫組長、村田組組長、大日本正義団吉田二代目会長、そして大日本正義団創立者のひとりである村田組の木村歳三若頭を挙げた。

7月31日、鳴海は、隠れ家の住吉連合組員宅から大阪の吉田会長の愛人宅にもどった。翌8月1日、吉田は愛人と鳴海を連れ、タクシーで兵庫県加古川市内の知人宅に身を寄せた。数日後、吉田会長と別れた鳴海は、兵庫県三木市内の忠成会関係者宅に移った。同会は反山口組の連合組織である関西二十日会に加盟していることもあって鳴海には安全な場所に思えたのである。

1週間が過ぎ、10日が過ぎると忠成会側でも鳴海の存在をもてあますようになった。山口組からの攻撃という、とばっちりを受けないともかぎらないからであった。

8月11日、忠成会側では鳴海の身柄引き取りを大日本正義団側に要請した。同日、迎えの車が到着した。

彼は、女装姿で車に乗り込んだ。山口組が山本若頭の陣頭指揮で自分を探しまわっていることを知っていたが、彼は平然としていた。

顔見知りの運転手に向かって、

「しくじってみんなに迷惑をかけてしもうた。そやけど、次はかならず田岡殺ったるわ」

と、田岡暗殺に執念をみせた。

鳴海は大阪にもどってくると西成区鶴見橋にある愛人のアパートに転がり込んだ。陽が落ちるのを待って彼は女装のまま外出をした。南海電鉄萩ノ茶屋駅近くの郵便ポストに3通の封書を投函した。あて先は1通が田岡組長に、2通が大阪の夕刊新聞社である。その内容は田岡組長を痛烈に罵倒するものであった。

大阪府警と山口組は必死になって鳴海清を追った。このころ、彼は愛人のアパートに2泊しただけで、ふたたび、忠成会関係者宅に舞いもどっていたのである。

山口組は大日本正義団の上部組織である松田組幹部を狙った。鳴海が忠成会関係者宅にもどって4日目の8月17日、村田組の幹部が山口組から襲撃された。

同日午後8時過ぎ、村田組の幹部・朝見義男は妻とふたりの子供を連れて大阪・住吉区内にある銭湯『大黒温泉』に行った。

朝見は5歳になる長男の手を引いて入浴、子供を先に洗い終えると、少し遅れて脱衣場にあがってきた。その瞬間、脱衣棚の陰から白い背広姿の若いふたり組の男が朝見の背後から近づき、拳銃を発砲した。

朝見の裸体がグラリとゆれ、前のめりの形で床に倒れた。銃弾は背中から胸を貫通し、脱衣場の壁にめり込んだ。

血だまりの中で倒れている父親を長男が呆然とした表情でながめていた。

彼は、駆けつけた救急隊によって阪大付属病院へ運び込まれたが、翌18日夕刻、出血多量のため絶命した。

あどけない息子の前での射殺事件は山口組の怒りと凶暴さを極道社会に見せつける結果となった。

山口組の報復攻撃は、さらに続いた。

9月2日午後10時ごろ、和歌山市内の松田組系西口組の西口善夫組長宅門前に、京都ナンバーの白いセドリックが近づき、車中から2丁の拳銃を乱射して走り去っていった。鳴海による田岡組長狙撃事件後、交代で西口組長宅の門前で警備についていた同組のふたりの組員が銃弾を浴びて即死した。乗り捨てられたセドリックの車中にあった拳銃の指紋から、犯人は山口組系山健組傘下の健竜会組員の犯行と判明した。

この〝和歌山戦争〟には宅見組も参加している。

山健組との連携を強めている宅見は、舎弟の石田日出夫、林一義、松島和廣らに指示して若い組員ふたりを和歌山市に飛ばし、松田組系福田組の事務所前で、同組傘下の杉田組組長・杉田寛一を射殺させた。

それから4日後、大阪府警は、宅見組のアジトを急襲、拳銃4丁と爆薬、トランシーバーなどを押収、室内にいた組員4名を凶器準備集合罪などで逮捕した。

この手入れの少し前、宅見組では松田組の樫組長殺害を狙っていた。しかし、同組長が山口組の報復攻撃を警戒して自宅に籠城してしまったため殺害計画が頓挫した。その代わりとして計画されたのが、ダイナマイトを積んだラジコンのヘリコプターを飛ばして樫組長宅を空爆しようというものだった。宅見組幹部による同計画の準備は着々と進められている段階で大阪府警側に察知され、この日の家宅捜索となったのである。

田岡一雄組長を誹謗する手紙を新聞社に送ってから忠成会関係者宅に舞いもどってきた鳴海清は、居心地の悪い日々を過ごしていた。山口組の報復を恐れる忠成会が厄介者あつかいをするようになったからである。双方の間でいさかいが絶えなかった。

そうしたなかの9月17日、六甲の山中で男の変死体がハイカーによって発見された。足にはガムテープが巻かれ、心臓を鋭利な刃物でメッタ刺しにされていた。30度を越す連日の猛暑と風雨にさらされたせいで、遺体にはウジがわき腐乱しきっていた。頭部は10センチほど胸の部分にめり込み、顔は白骨化して識別のできないほどであった。皮膚は粘液状にとけだしており、指紋の採取は不可能だった。

この遺体が鳴海清と断定されたのは発見から3日後の9月20日である。彼の腹巻の中には逃走資金30万円と一緒に広田神社のお守りの袋が入っていた。これが身元を特定する大きな手がかりとなったのである。このお守り袋の中には小さな男の子の写真と一緒に左手の小指のものと思われる骨片がおさめられていた。この子供の写真は、鳴海の内妻が自分らの長男と認めたほか、骨片の血液型が鳴海のものと一致したのである。また、兵庫県警が赤外線撮影した遺体の背中にあった刺青についても、大阪・西成区の彫り師が鳴海の天女像と断定して身元が確定した。警察は、忠成会によるリンチ殺人として3人の組員を逮捕した。しかし、証拠不十分として起訴は見送られた。

事態が一変、山本健一若頭の逮捕

山口組の報復攻撃は〝和歌山戦争〟以降も執拗に続けられた。

10月3日、鳴海清と一緒に姿をくらましていた吉田芳幸会長から大日本正義団事務所に電話が入った。

「いま、岡山にいるんや……」

憔悴しきった声で吉田がいった。

彼は、1977年8月、銃刀法違反で大阪府警に逮捕・起訴され保釈中の身だったが、ベラミ事件後、山口組の追求から逃れるために公判にも出廷しなくなった。このため、大阪地裁は彼に収監命令を出していたのである。

「こっちに組の者と一緒に警察にきてもらいたいんや……」

吉田は、鳴海の無残な死体が発見されてから、山口組への恐怖心が募り、夜も眠れぬ日々を過ごしていたのである。

同日午前11時、新大阪駅から大阪府警の捜査員3人と大日本正義団の幹部3人が岡山に向かった。

吉田会長の潜伏先は岡山駅近くの木造モルタル2階建てアパートの6畳間である。彼は、山口組の眼を恐れて7月15日から一歩も外出せず、愛人とふたりっきりで過ごしていたのである。

ポロシャツ姿の吉田は、組員の顔を見ると安堵の表情を浮かべた。彼の愛人が捜査員や組員に缶ジュースを勧めた。彼女は小柄の美人で岡山に流れ着いてから市内のキャバレー『ファンタジア』で働き、逃走資金が底をついた吉田を支えていたのである。同日夕方、吉田は捜査員によって大阪に護送された。

この5日後の10月8日、尼崎市内にある松田組系瀬田組内石井組の事務所前で、同組の西森勝也が山口組のヒットマンふたりに拳銃で撃たれ、出血多量で30分後に死亡した。

10月24日、大日本正義団幹部の柴田勝が西成区内で山口組系溝口組内勝野組の松崎喜代美に射殺された。

同年11月1日、山口組は山本若頭、小田秀臣若頭補佐、山本広若頭補佐が田岡御殿で記者会見を開き、和解もないまま大阪戦争の終結宣言をした。山本は記者会見を終えると潜伏先の東京・白山にある山健組系健心会の幹部が借りているパークハイム白山に引き揚げた。

　警察庁は10月、山口組撲滅作戦を開始した。田岡は、報復作戦の先頭に立つ山本若頭の身を案じていた。彼は、重度の肝臓病を抱えているうえ、6つの罪名で起訴され公判中だっただけに、一日でも早く大阪戦争を終結させ、休養を取らせてやりたかったのである。

　この田岡の意向を持って上京中の山本を説得にあたったのが宅見勝である。

　相手が片目をつぶしたら、両目をつぶしてこんか、というほど気性の荒い山本は、なかなか首をたてに振らなかった。このため宅見は田岡と山本の意思を一致させるために、東京・大阪間を航空機で一日に何度も往復したほどである。その結果、休養問題については先送りにし、抗争の終結という一点では渋々ながらも了解をしたことにより、先の記者会見につながったのである。

　11月4日、宅見は、山本若頭に面会するため上京した。休養問題を話し合うためである。田岡の考えは、山本健一若頭の代理として山本広若頭補佐や小田秀臣若頭補佐ら3人を若頭代行に置き、その合議によって山口組を運営するというものだった。

　東京・白山の隠れ家の一室で宅見は田岡の意向を山本に伝えた。

「そうか、親分にはいらぬ心配をかけてしもうたな……」

　生気のない声だった。

「みんな、頭の体のことを心配しているんです。少し養生をして帰ってきてください」

宅見がいった。

山本は腕組みをしたまま眼を閉じている。

ちょっと、間をおいてから重い口を開いた。

「もう少し考える時間をくれや」

「へえ、わかりました」

山本の前を辞した宅見は山口組本部に電話を入れ、山本の考えを伝えた後、

「きょうは、こっちに泊まる」

といって、受話器を置いた。

同日夜にはいって事態が一変した。

大阪府警が山本の所在を突き止め、警視庁捜査4課と一緒になって午後7時15分、隠れ家を急襲したのである。保釈中の山本が指定された住居以外のところで生活をしているという、いわゆる住居制限違反の容疑である。山本は、水色のガウン姿でボディガード役の健心会組員と雑談中のことであった。

その夜、山本健一若頭は東京駅午後8時24分発の新幹線ひかり最終電車で大阪に移送され、そのまま拘置所に収監された。2週間後、大阪高裁は山本の控訴を棄却し、一審判決の懲役3年6ヶ月の刑が確定した。

暗殺までの15328日

第三章

山口組執行部入り

組長と若頭の相次ぐ死

山本健一若頭が収監されてから半月あまり後の78年11月22日早朝、兵庫県警は、山口組本部の強制捜査に踏み切った。容疑事実は2年も前の76年3月6日から7日にかけて、山口組本部事務所で開かれた賭博である。この賭博は若頭補佐の松浦一雄（大平組組長）が胴元となって開帳された大掛かりなものだった。

当日、賭博に加わった山口組最高幹部の顔ぶれは、山本若頭をはじめとして松浦若頭補佐、竹中正久若頭補佐（竹中組組長）、益田芳夫若頭補佐（益田組組長）、加茂田重政若頭補佐（加茂田組組長）、細田利明若頭補佐（細田組組長）、小西音松若頭補佐（小西一家総長）らである。

このうち山本、竹中、加茂田、益田らは未決収監中もしくは服役中だったが、細田や小西らは逮捕された。この〝組長賭博〟は、テラ銭の全額を田岡一雄組長の小遣いにあてるために開かれたといわれている。

山口組の解散を目指す兵庫県警の執念はすさまじく、この強制捜査の5日後、大阪戦争で重要な役割を演じた羽根恒夫（羽根組組長）を銃刀法違反の容疑で逮捕した。ベラミ事件の際、田岡の私的ボディガード役として拳銃を携帯していたことが判明したのである。

取り締まり当局による幹部の逮捕が相次ぎ、山口組は最大のピンチにみまわれていた。大阪戦争以前の山口組は、39府県に系列組織460団体をかぞえ、組員数1万1千人という日本一の勢力を誇示していた。しかし、組織の肥大化は内部に亀裂を生じさせ、かつてのような一枚岩の団結力は弱まりつつあった。その要因のひとつに挙げられるのがポスト田岡をうかがう四代目争いである。

田岡組長の体調が不安定なこともあって、大阪戦争後は山本若頭派と山本広若頭補佐派とが勢力拡張に動きはじめたのである。当時、若頭派と見られていたのが山健組、大平組、竹中組、益田組、小西組、細田組、正路組、織田組、岸本組、宅見組などである。対抗勢力は、菅谷組、小田秀組、清水組、山広組などであった。

こうした勢力争いが続けられるなかの79年4月22日、最高裁は、山本健一若頭の上告を棄却、懲役3年6ヶ月の刑が確定した。

田岡組長に次ぐナンバー2の長期不在は山口組にとっては痛手だった。

81年5月、菅谷政雄が府中刑務所を出所した。翌6月、彼は、田岡組長に面会し引退して堅気になった旨を報告、畳に額をすりつけるようにして、これまでの非礼をわびた。

菅谷が辞した後、田岡は、

「体がしんどい、疲れたわ……」

と、弱々しい声で、同席している織田譲二若頭補佐にいった。

翌日から彼は床に伏せる日が多くなった。

そんな体調の田岡に会えるのは織田譲二、岸本才三、宅見勝ら、彼や妻の文子の信頼が厚い、ごく限られた組員だけだった。

時折、田岡は、宅見の顔を見ると、

「おい、メロンを買うてこいや」

と、いった。

メロンは、彼の好物なのである。

「喉に詰まらせたら大変やから、そんなもん食べんとき」

文子が、いう。

「食べんのんとちゃう。汁をちゅうちゅう吸うだけや」

田岡が文子にいい返す。

そんな夫婦のやり取りを、宅見は笑みを浮かべて聞いている。

しかし、こうした平穏な時間は長くは続かなかった。

翌7月中旬過ぎになると田岡の容態は急変する。

昏睡状態に陥ることが多くなった。

しきりに意味不明のうわごとをいった。

終日、医師団が病床に付き添った。

文子が田岡の手を握り、やさしくさすっている。

枕元の人工呼吸器が規則的なリズムをうっていた。ときたま、彼は、あくびでもするように大きく口を開いた。

「おとうちゃん、もう、頑張らんでいいよ」

文子が、彼の耳元でささやく。81年7月23日、田岡一雄組長は68年の生涯を閉じた。

困難をきわめる山本組長代行・竹中若頭体制

山口組は、組長と若頭不在という異常事態に陥ったが、大きな混乱はなかった。山本広、小田秀臣、中西一男、竹中正久、益田芳夫、加茂田重政、中山勝正、横溝正夫の8人の若頭補佐と文子未亡人によって組織運営が進められることになっていたからである。

宅見は、田岡の死をはさんだ前後の期間に山本健一の出所運動を展開している。

肝臓病の悪化から山本が大阪医療刑務所に移管される機会を見計らったように、彼は、激しく動いた。

まず彼は、知人を介して知り合った東京の真子伝次弁護士に大阪高検への働きかけを依頼した。真子弁護士は東京地検特捜部に在籍していた経歴からもわかるように、検察内部に強い人脈を張りめぐらしていた。その一方で宅見は、法曹畑に強い影響力を持つ国会議員をも動かし、病気治療を名目とする山本の仮釈放を目指していたのである。

この工作活動には一定の効果があったとみえ、宅見は、出所後の山本の受け入れ先病院まで探しまわりはじめた。

病室に空きがないのでとか、特別病室を設けていないので、という当たり障りのない口実で、いくつもの病院で受け入れを拒否された。

彼は、あきらめなかった。

こうした宅見の努力が実を結ぶときがきた。

組員たちの見舞いは厳禁という条件はつけられたものの、都内の大学病院から前向きな回答を得たのである。

そんな矢先、山本健一の容態が急変した。

82年1月27日、彼の病状が悪化したことで大阪高検は刑の執行を停止し、すぐさま大阪市内の民間病院に搬送された。

その夜、宅見は山本の見舞いに駆けつけている。

山本は宅見の顔を見て小さく笑った。

驚くほど彼はやせ、衰弱していた。

「頭、東京の大学病院を確保してありまっさかい、様子をみて転院しておくんなはれ」

「すまんな、おまえには心配ばかり、ようけかけて……」

〝いけいけのヤマケン〟の面影は、すでになかった。

「じきにようなるさかい、みんなにそういってや」

これが宅見の聞いた山本健一の最後の言葉である。

2月4日、山本若頭は肝硬変が悪化して静脈瘤が破裂し、意識がもどらぬまま息を引き取った。

4月27日、山本若頭の組葬が田岡邸で営まれた。

兵庫県警の発表によると葬儀出席者は900人である。

四代目候補の急逝で山口組は混乱した。

親分の跡目を継承する第二順位者については山口組の慣行上、これといった定めはなかった。ここに山口組の悩みがあった。当時、第一候補者の山本健一に継ぐ候補者は8名の若頭補佐たちである。年功序列的な人事を優先するなら穏健派の山本広が第一人者である。この反対の考え方としては、代替わりの機会をとらえて一気に組織の若返りをはかるというもので、竹中正久、加茂田重政などに代表される。このふたりは、武闘派と称され、戦闘面における強い意思が表面にまであらわに出ているだけに他団体との協調面には不安を感じさせた。

親分は絶対的な権力者である。

舎弟であろうと若衆であろうと破門・絶縁にする権利がある。つまり、生殺与奪権があるのだ。親分から絶縁と一言いわれたとたん、地位も名誉も職業も失うのである。

こんな強大な権力を持つ親分を、同格の者の中から選ばなければならないのである。心酔しつくす気持ちが生まれないと、舎弟や若衆の側にはまわりにくい。

四代目の有力候補者は、だれも強い意志の持ち主であるとともに、強烈な個性をもっている。当然、調整は困難をきわめる。

山本広推進派と竹中正久推進派の調整に動いた文子未亡人の努力が実って、同年6月5日、山本組長代行・竹中若頭体制が決まった。宅見は、本部長補佐に昇格し、会計担当となった。山口組の金庫をあずかる役についたのである。山健組二代目組長の渡辺芳則（山口組五代目組長）が直参に昇格した。

このころの山口組幹部たちを列挙しておこう。

組長代行　山本　広（山広組組長）
若頭　竹中正久（竹中組組長）
代行補佐　小田秀臣（小田秀組組長）
同　中西一男（中西組組長）
同　益田芳夫（益田組組長）
同　加茂田重政（加茂田組組長）

同　中山勝正（豪友会会長）
同　溝橋正夫（溝橋組組長）
舎弟　湊　芳治（湊組組長）
同　中川猪三郎（中川組組長）
同　中井啓一（中井組組長）
山老会　前本重作
同　泉本一男
同　大石宮次郎
同　宇野正三
幹部扱い　呉　南吉

荒れる四代目争い

当時の宅見には、山口組内で心を許せる先輩組員がふたりいた。彼は、「この山口組の中で特に親交を深めている兄貴分として山口組若頭・竹中正久（竹中組組長）、それと相談相手となってくれる山口組若中・織田譲二（織田組組長）がおります」と公言している。

織田譲二は、田岡一雄の側近中の側近である。田岡がつちかってきた政財界人脈に、彼の名代として肥料をあたえ続けてきたのが交渉上手な織田である。政界では石井一、関谷勝利、砂田重民、糸山英太郎ら。財界人では今里広記、中山素平、瀬島龍三、五島昇たちといわれている。

食道静脈瘤というバクダンを抱えている織田は、この人脈を動かす際に宅見を代理として使っていた。こうしたことから自然と田岡人脈は宅見のそれに置き換えられていくのである。また、田岡文子に可愛がられていた織田は、宅見と文子との間をも取り持っている。山口組四代目のポストをめぐる二派の争いの際には、この織田・宅見コンビが威力を発揮するが、それは項をあらためて詳述する。

山本広組長代行・竹中正久若頭体制がスタートした時点では、竹中支持勢力は少数派だった。97人の直系組長のうち竹中正久、矢嶋長次、細田利明、織田譲二、岸本才三、宅見勝など10数人だった。一方、山本支持派は40人を超え、残りの30数人は様子見を決め込んでいた。

双方の確執《かくしつ》が表立ってあらわれるのは、竹中が脱税容疑で神戸地検に逮捕された82年8月26日以降のことである。田岡一雄の弟分として一定の発言力を持つ舎弟会が山本支持を決め、9月に組長選挙をおこなう段取りを整えた。

この情報は、あっという間に竹中派に伝わり、連日、織田譲二、岸本才三、宅見勝らが鳩首《きゅうしゅ》会談を開き、次回の組長会の席で廃案にすることを決めた。この時点で選挙をおこなえば竹中派が断然不利であることが目に見えていたからである。その一方で彼らは、多数派工作に動き出すことを確認しあった。織田と岸本が細田の協力を得て古参組員の懐柔を、宅見が舎弟たちを寝返らせる工作を進めることで彼らの意見は一致した。宅見には自由に動かせるカネが潤沢にあった。

9月5日の組長会は荒れに荒れた。

すでに舎弟たちや古参組長らの協力を取りつけている山広派には余裕の表情が浮かんでいた。最初に挨拶に立った本部長の小田秀臣が、「この席で四代目問題に決着をつけたい」と発言、続いて立った山本広が、「四代目を引き受けるよう大勢から推されている」と述べた。

山広を担ぐ勢力から大きな拍手が起こり、「選挙、選挙」と叫ぶ。

竹中派からは怒号があがった。

「あほんだら。若頭の留守中に選挙とは、どういう了見なんじゃ」

宅見が立ちあがった。

彼は、役員たちが居並ぶ席を見すえながら、

「みんな知ってるように頭はパクられていないんじゃ。そんなときに四代目を決めてええんか。頭がお勤めからもどってきたときに、どう説明するんじゃ、聞かせてくれや」

と、静かな口調でいった。

反論する者はいなかった。

小田秀臣が両腕を大きく開いて「まあまあ」とでもいうように上下させ、

「組長会は、ここで休会とし、続きは15日にということで、ご了解ください。本日はご苦労さまでした」

と、発言した。

この席で四代目を決定させるのは無理と判断したのである。山口組を分裂させるまでの強い意思が、彼らにはなかったせいかもしれない。織田や宅見らは、兵庫県警が「三代目姐」と認定した田岡文子の影響力を利用し、15日の組長会での四代目決定を中止させる行動に出た。

彼らは、田岡家の台所までずかずかと入れるほど文子の信頼を得ている。宅見らは、そうした人間関係を使って「四代目決定、時期尚早」と彼女に訴えた。

彼女は、ある時期、山本代行の温厚な人柄を買っていた。その一方で粗野な竹中に山口組の将来を託す不安を感じていたこともある。彼がリーダーでは、他団体との摩擦が絶えないのではと危惧していたこともあった。それでも次は山本代行でとは決断できなかった。宅見が強く訴えている山口組の若返りが必要と考えていたからである。

文子は、宅見たちの要請を受け入れた。

彼女は、舎弟や古参組長たちひとりひとりを呼び出しては、15日の組長会を穏当《おんとう》な形で終えるようにと伝えた。

同日、その組長会は田岡邸の2階大広間でおこなわれる。

冒頭、山本代行は、四代目への立候補を無期延期すると発表した。三代目姐の意向を無視してまで強行できなかったのである。この決断は、幹部会のメンバーしか知らないことだったので、会場を埋めた各組長の間から驚きの声があがった。竹中派は反撃の腰を折られた格好になった。

「姐さんの考えがはっきりとしたので、これからは山広派もうかつには動けなくなったやろ」

田岡邸の会場から駐車場に出てきた竹中派のひとりが勝ち誇ったようにいう。

「ふんどしを締めなおさなあかんで。スタートラインに立っただけなんやから」

別のひとりが自分にいい聞かせるような口調でいった。

「そやな、これからが勝負や」

「勝ち馬に乗ろうと様子見をしている連中の個別撃破が必要やな」

「ゼニをぶつけるか、ポストで釣るか……」

「そこんところは宅見の兄弟が、あんじょう考えとるやろ」

「兄弟にまかせとけばいいがな」

「そやな……」

「山広派いうたかて、ガチガチの親衛隊ばかりと違うで。これまでのしがらみから誘いを断れんで、顔を並べてる連中もぎょうさんおる」

「うん、わしの知ってるだけでも、そうした人間が6人もおるわ……」

「いまは姐さんへの手前もあって表立っては動けんが、誘いに応じそうな連中のリストは作っとかないかんな」

「そや、そや……」

彼らは、そんなことを小声で話し合いながら、それぞれの車に乗って引き揚げていった。どの表情も明るかった。

竹中支持を推進する巧妙な多数派工作

一方、山広派の面々は気落ちした色をかくせなかった。誰もが沈鬱な表情で歩いていた。

「組長立候補選挙は無期延期ということやが、これは無期懲役と同じようなものなのかいのう」

「ちゃう、ちゃう。姐さんの立場もあるから、いまは、その期日を指定するのをやめとこいうこっちゃ」

「早よう日取りを決めんかったら、仲間の気持ちがゆらゆらしてくるんとちゃうか?」

「そやなぁ、それが一番怖いわ」

「負け馬に乗ったら悲劇やから、正直、気持ちが動くわな」

「シノギがしんどうなることは間違いないわな」

彼らのヒソヒソ話は続いた。

若頭不在の時期を狙ったように持ち出された山本広の組長就任問題について、文子の不快感が伝わると、以後の幹部会や組長会では同問題の表立った論議は沈静化していった。しかし、水面下では双方による多数派工作が活発化していた。舎弟会は、一時、山広支持を鮮明に打ち出していたが、三代目姐の影響もあって、それを白紙にもどしていた。

この時期の宅見が取る山広派や中間派への懐柔策は巧妙というか、実に見事なものだった。

当時、組員が膨張を続ける山口組では、各所で同じ代紋同士のシノギによるバッティングが起こっていた。彼は、こうした問題に進んで介入し、相手側の組織に華をもたせた。その一方で割を食うハメになった竹中派の組には債権回収や負債整理、土地ころがしといった確実に利益を取れる自分の仕事をまわした。山広派三次団体同士のシノギをめぐるいざこざにも同じ解決法を取って、彼らの下部組織からシンパを増やしていったのである。

こうしたなか、渡辺芳則が率いる二代目山健組が竹中支持を表明した。山口組保守本流の組織からの意思表示は、日和見を決め込んでいる組に大きなインパクトをあたえることになった。

宅見は、山広支持から中立に姿勢を変えた舎弟たちに全力でアタックした。

彼は、若返り政策を劇的に進めるのではなく、斬新的におこなっていくことを約束し、竹中体制になってもしかるべきポストを用意する旨を表明、それでも同志としてクツワを並べる気がないのなら組織の存続を保証しないと強面のところを見せることも忘れなかった。

「頭がもどってくるころまでには、よう考えたうえで返事を聞かせて欲しいんや」

「頭が帰ってくるのは、いつごろになるんや？」

舎弟がたずねた。

「神戸地検に保釈を頼んでいるところやが、年越しになるんとちゃうかなぁ」

宅見が答えた。

「そうか、春やな……」

彼は、うなずくように何度も頭を振った。

宅見としてもこの時期までには何としても山広派との勢力争いに目鼻を立てておきたかった。

宅見は、〝変化はチャンス〟ととらえていた。三代目時代の古手幹部クラスを排斥できれば、ごく自然に主要ポストを手にすることも不可能なことではない。自分の極道人生にとって、ここが正念場だ、と彼は思っていた。

極道人生をかけた票集め

脱税容疑で逮捕・起訴されていた竹中正久若頭が83年6月21日に保釈された。その日、神戸拘置所には竹中組組員らをはじめ、山口組の者が多数出迎えた。

次期組長候補のひとりである彼のところには出所祝いに駆けつける組長クラスが後をたたなかった。織田、岸本、宅見らがそろって姫路の竹中組事務所に顔を出したのは1週間ほど後のことである。

「頭、ご苦労さんだす。もう、疲れは抜けよりましたか」

織田がいった。

「遠くまで足を運ばせてすまんな。ほれ、この通りや」

竹中は、不健康なほど色白の顔をほころばせる。9ヶ月間も拘置されていたせいで、彼は、かなり太っていた。

彼らが竹中を訪ねたのは、彼の留守中のことを報告するためである。

ここにきて山口組は昔日《せきじつ》の勢いを失っていた。世間にさらしたのはもろさだけであった。それは、4組織の解散にも見てとれる。武田組（武田肇組長）、細田組（細田利明組長）、信原組（信原勇組長）、森本組（森本忠光組長）は山口組中枢にあった組織である。しかし、賭博開帳、銃刀法違反などで逮捕されるやいなや「堅気になります」と警察に誓約、山口組を脱退すると同時に、自らひきいた組をも解散してしまったのである。これら4組長の極道廃業は、組織の屋台骨がゆらいでいる証左と受け止められていた。それをだれよりも実感していたのが織田ら3人である。

「頭、定例会に出席する直参たちの頭数が、最近、ぐーんと減っとりますんや。11人の組長は服役中だから仕方ないにしても、出席者が半分にもたりまへんのや……」

宅見が、現状を説明した。

竹中が身を乗り出して聞き入った。

「組長不在が長ごうなっとることが原因や思います。このままほっといたら、山口組はバラバラになりますやろ」

岸本が苦しそうな顔でいった。

「知らんかった……」

竹中は神戸拘置所に拘留中、接見禁止、交通禁止処置をとられている。面会はダメ、外部との手紙の交換もダメ、という厳しい環境の中で彼は過ごしていたのである。シャバに帰ってきた彼は、まさしく〝いま浦島〟の状態だったのだ。

「頭……」

思いつめたような表情で織田が切り出した。

「姐さんが、頭に組長を継いで欲しいと思っとります……」

山口組の現状を憂慮する織田、岸本、宅見の3人は、文子と面談し山口組の建て直しには竹中をおいてほかにはいないと訴えた。織田は、田岡一雄のボディガード兼秘書、岸本は三代目本家付き、宅見は織田の仲介で文子とは親密な関係だったのである。

彼らは、文子が山本支持から「三代目継承は山広と竹中のふたりで話し合ったらええ」と態度を変えたタイミングをとらえて、竹中支持を訴え続けてきたのである。織田の話を聞いた竹中は、腕組みをして考え込んだ。

「頭、時間をかけてゆっくり決めたらええという時期は、もう過ぎとります。無駄に時間を過ごしたら、あかんのです」

宅見が竹中の決断をうながした。

「客観的にみて、わしも、そう思いますんや」

岸本がいった。

「兄弟たちの考えは、ようわかった。ちいとだけ考える時間をわしにくれや」

3人の顔を交互に見ながら竹中が、絞り出すような声音で、そういった。

織田ら3人は、竹中が四代目継承者に立候補すると受け止めた。

「票集めにもう一汗かかにゃいかんな」

竹中組事務所から駐車場に向かう道筋で、織田が宅見の顔を覗き込むようにしながら、明るい声でいった。票集めとは支持者の確保のことである。

「ひと汗もふた汗もかかしてもらいまっさ」

最後の手段はカネとポストを使っての買収である。生きたゼニを使わにゃ、からだを張って稼ぐ意味がないやろ。宅見は腹の中で、そうつぶやきながら、織田に笑顔を向けた。

三代目姐が精力的に竹中支持を要請

83年秋、竹中が次期組長選に手をあげる腹を固めたというウワサが直系組長の間に伝わった。その直後、横浜の益田芳夫（益田組組長）、尼崎の大平一雄（大平組組長）、愛知の益田啓助（益田啓組組長）、徳島の尾崎彰春（心腹会会長）らが、こぞって竹中支持を打ち出した。「四代目の件では、ヘタに口にしたり動いたりすると、出るくいは打たれるのたとえがあるでのう。触らぬ神にたたりなしやわ……」と、傍観を決め込んでいた組長たちにも、勝ち馬に乗ろうとする動きがあらわれてきた。

このころの兵庫県警の調査によると、山本支持派は本人を含めて24人、対する竹中派は44人、まだ態度を決めていない中立派が19人ほどという色分けになっていた。

それでも宅見たちは、多数派工作の手をゆるめなかった。かたくなな態度を取り続ける組長にはシノギの面で締め上げていった。

翌84年1月上旬、田岡文子は自宅で段差につまづいて左足を骨折、関西労災病院に入院した。

早速、岸本が果物籠をぶらさげて見舞いにあらわれた。

「姐さん、えろう災難でしたな」

「あんなところでけつまずくなんて、恥ずかしいわぁ。年齢やろかなぁ」

「なにいうてまんねん、まだまだ姐さんには頑張ってもらわんと……」

岸本が応じた。

文子は、田岡死後、衰えが目立つようになった。風邪もよく引いた。背中が痛むと訴えることもしばしばだった。気も短くなった。

彼女は、ベッドの上でリンゴの皮をむきながら、

「竹中には、ようけ気張りやと、いうといてや」

と、いった。

文子は、7月23日の田岡の三回忌までには跡目問題に決着をつけたいと、気心の知れた

岸本を相手に心中を覗かせた。

「それを聞いたら頭も喜びますやろ」

同病院の院長が彼女の脈を取りにきたのを潮に、岸本は病室を辞した。

その夜、彼は宅見と連絡を取り、中間派の大物である中西一男（のち、五代目山口組最高顧問）と面談、竹中支持を確約させた。

田岡文子は精力的に活動していた。

直系組長をひとりずつ病室に呼び出しては「四代目は竹中で行くで。承知してくれるな。これは亡き夫の遺言や」と詰め寄った。

彼女に呼び出された古参組長が、

「ものには順序というものがおます。これを間違えたら組織がゴチャゴチャになりまっさかい、ここは代行に1年でもやらせたらどないでっしゃろ。若頭は五代目でもいいんとちゃいまっか？」

と異論を口にした。

しかし、彼女は夫の遺志であるとして譲らなかった。膝詰め談判をされた病室には三代目の遺影が飾られている。彼は、従わざるを得なかった。

その古参組長がいう。

「遺影の前で姐さんにああいわれたら、それ以上抵抗できへんかった。姐さん、宅見に入れ知恵されたんとちゃうやろか」

中立派の加茂田重政が文子に呼び出されたのは5月25日である。

彼女は、竹中支持を要請した。

彼は、それを断った。

「竹中の方につかんけれども、山本代行の方にも行きません。わしは、どちらにも寄らず、一本で行こう思うてます」

このときは、彼なりに筋を通したわけだが、どういうわけか後に山広派の重鎮として名前を連ねることになる。

山本広代行も5月27日に呼び出されている。彼は、「姐さんの発言で四代目を決めたんでは、つらい世評も受けななららん。近代社会やから幹部会にかけ、投票で決めたらええ。それぞれが田岡親分の教育受けた人間なんやから、みんな集めて決めたらええ」と明快に拒否している。

5月31日午後、宅見は、南区千日前の組事務所のソファーで竹中支持派メンバーの名簿をチェックしていた。

彼の表情には笑みが浮かんでいた。

計算どおりの進捗《しんちょく》ぶりだった。山広派は大雑把に見積もって20数名というところだったのである。

「こっちの勝ちやな」

独り言をいった。そんなところに電話が入った。

相手は小田秀臣（小田秀組組長）だった。

彼は、宅見よりもぐんと格上の山口組の大幹部である。

「兄弟、忙しいところをすまんが、ちぃと時間をくれへんか」

弱々しい声だった。

宅見は了解した。

同日夕方、ふたりは全日空ホテルの喫茶室で向かい合った。彼らが差しで話し合うなどということはめったにないことだった。

「姐さんがひとりずつ病室に呼び出して白か黒かと迫っとる。これでは組が真ふたつや。どうや、兄弟、姐さんの動きを止めてくれんか。これができるんは兄弟しかおらん」

小田が哀願する。

彼の用件は予期していた。

山口組の友好団体である稲川会の稲川聖城総裁に小田がコンタクトを取っていたという情報が、すでに宅見の元に届いていたからである。

「その役目はちぃと荷が重すぎまっさ。わしには、とてもとても……」

宅見は、当たり障りのないいいい方で小田の申し出を拒否した。

この男の極道人生も終わったと、宅見は確信した。自分の頭の上に、ぽっかりと青空が覗いたような気分がした。

ふたりは、この後、とりとめもない話をして別れた。

万策つきた小田秀臣の背中が小さく見えた。

跡目問題の決着で山口組分裂

84年6月5日午後、田岡邸の2階大広間で直系組長会が開かれた。出席者は48人である。この席には、山本広代行派の組長はだれも顔を出していなかった。したがって、居並ぶ組長全員が竹中派である。

田岡文子が竹中正久と並んで座っていた。

司会役の中西一男が文子に挨拶をうながした。

彼女は、「みなさんにお知らせしたいことがある」と切り出し、亡夫・田岡の遺志として四代目組長に竹中正久を推薦する旨の話があった。

大きな拍手が広間に響き渡った。

竹中が神妙な顔つきで立ちあがった。

「組長の重責をお引き受けすることになりました。山口組のために頑張る所存……」

と、絵に描いたような挨拶をした。緊張で声がかすれていた。

このとき山口組では、「もどってくる者はこばまず、去る者は代紋使用を禁ず」という基本方針を決めていた。

一方、この竹中派の決定に反対する山広派は、大阪の松美会（松本勝美会長）事務所で決起集会を開き、山口組脱退も辞さずと気勢をあげた。

集会の後、彼らは竹中の四代目就任反対を訴える記者会見を開いた。

山本代行は、「四代目の決定は直系組長の総意で決めるべきと考えているので、われわれは竹中の四代目を承認するわけにはいかない。今後は、山口組の役職を返上し、志を同じにする組長たちとの結束を強めていきたい」といった趣旨の発言をした。その席で記者団から集会への出席者数をたずねる質問をぶつけられると、「34人」と発表したが、記者の目の前にいたのは20人ほどであった。

ここにいたって山口組はついに分裂をしたのである。

すでに組織名を一和会とし、代紋も決めた彼らは、6月19日、神戸市内のニューグランドビル内で山本広を中心に盃事が執りおこなわれた。山本広を兄貴分、反竹中派の18人の組長を舎弟とする儀式である。兵庫県警の資料によると、同年7月末現在の勢力は2府24

県、138団体、2807人である。一和会の組織図を挙げておく。

会長　山本　広（山広組組長）
最高顧問　中井啓一（中井組組長）
常任顧問　溝橋正夫（溝橋組組長）
同　白神英雄（白神組組長）
組織委員長　北山　悟（北山組組長）
風紀委員長　松尾三郎（松尾組組長）
副会長
兼理事長　加茂田重政（加茂田組組長）
本部長　松本勝美（松美会会長）
幹事長　佐々木道雄（佐々木組組長）
同補佐　伊原金一（伊原組組長）
同　清水光広（二代目清水組組長）
同　吉田好延（白神組内吉田会会長）
特別相談役　井志繁雅（井志組組長）
同　大川　覚（大川組組長）

同　　　　坂井奈良芳（酒井組組長）
専務理事　宮脇与一（宮脇組組長）

この一和会旗揚げの直前、宅見は極道人生をかけるような大仕事に汗を流していた。自分の出身母体である福井組の福井英夫組長が、これまでのしがらみが断ち切れず、一和会へ移る動きを見せていたからである。

「兄弟、どないする？」

同じ福井組から同期で直参になった南力が困惑の表情でいう。彼は、四代目組長の警護担当である。

「どないもこないもないやろ。命がけで親分を引き止めなあかん」

宅見に妙案があるわけではなかった。

「親分に向こうへ行かれたら、すべてが水の泡や」

南が頭を抱える。

「本部の方への対応は兄弟にまかすさかい頼んますわ。なんとしても親分はわしが抑えるさかい……」

腹をくくったような声音で宅見がいった。

「よっしゃ」

南と宅見の持分が決まった。

宅見は福井組長宅へ日参した。

一和会側は内部から崩壊している現実を、宅見はひとつひとつ例示して説明した。

その一例として、彼は、かっての山口組の知恵袋で、一和会の重鎮である小田秀臣組長を挙げた。

小田は山広四代目の強力な推進役でもあったが、山口組分裂がさけられない状態にまで事態が進んでくると、一枚岩を誇る小田秀組内に激震が走った。親分の方針に盛政之助、松山正雄、山田輝雄の3幹部組員が異論をとなえ、進言が聞き入れられないと知ると、配下の組員を連れて小田秀組を出て行ったのである。その後、彼らは竹中から盃を受け四代目山口組の直参に昇格した。同じようなことが黒沢組（大阪）、弘田組（愛知）、伊堂組、鈴国組、瀧澤組（いずれも静岡）でも起きている。親分は引退を余儀なくされ、子分が跡を継いで竹中四代目の直参になった。宅見らの工作が成功したのである。

宅見の話に福井が耳を傾けた。

「それで、わしにどうせいというんじゃ?」

福井が心もとない声でたずねた。

「一和会の幹部たちにも山口組にも顔の立つ方法はひとつしかおまへん。それは親分の引退でおます」

宅見は涙を浮かべていた。

しばらく考えていた福井が、

「ようわかった。おまえのいうようにしよう」

と、いった。

引退後の福井の生活は、自分がみる腹を宅見は固めた。山口組の盃事がおこなわれる前日のことである。

竹中四代目就任の貢献で若頭補佐に昇進

6月21日、山口組は田岡邸で盃事をおこない、23日には四代目の人事を決めた。新生山口組は69人体制でのスタートとなった。人事面で目立つのは後藤忠政（後藤組組長）、瀧澤孝（芳菱会会長）、司忍（弘道会会長、のち六代目山口組組長）中野太郎（中野会会長）、竹中武（竹中組組長）ら15人が新規に直参になったことである。竹中の四代目就任に貢献した岸本才三（岸本組組長）と宅見勝（宅見組組長）は若頭補佐に昇進、故・山本健一の跡目を継いだ渡辺芳則（二代目山健組組長）が若頭補佐の末席に座った。兵庫県警の調べによると、同年11月現在の山口組の勢力は2府28県434団体10437人である。組織図を紹介しておく。

組長　竹中正久
舎弟頭　中西一男（中西組組長）
舎弟頭補佐　益田芳夫（益田組組長）
同　大平一雄（大平組組長）
同　小西音松（小西一家総長）
同　伊豆健児（伊豆組組長）
若頭　中山勝正（豪友会会長）
若頭補佐
兼本部長　岸本才三（岸本組組長）
若頭補佐　宅見　勝（宅見組組長）
同　木村茂夫（五代目角定一家組長）
同　桂木正夫（一心会会長）
同　嘉陽宗輝（嘉陽組組長）
同　渡辺芳則（二代目山健組組長）

話は横道にそれる。

84年夏、山口組と一和会の対立が激化するなか、竹中正久は山口組本部内でＮＨＫのインタビューに応じている。

竹中の右には中山若頭、左に岸本若頭補佐が座り、そのまわりを宅見、渡辺らが囲んでいる。淡いブルーのスーツを着込んだ宅見は、竹中の斜め後ろにいた。

インタビュアーの藤田太寅キャスターの質問が上納金問題に移ると、「それは担当している者がおるから……」と、中山から宅見が指名された。

彼は、「直系の組から月々10万円、これが76団体ありますから、ざっと、760万円。身内や下部団体の冠婚葬祭などの費用が月によって多いときも少ないときもありますから、これを76で割って10万円に多少のプラスアルファがあるんです。それ以外、一切いただいておりません」と、よどみなく話す。

上納金の使途について宅見は、そのほとんどが系列組織の見舞金に消えているので、はたで考えているほど山口組の懐具合は楽じゃないともいう。そして、「あたしら、経済的な動機で集まってるんじゃない。情で集まってるんです」と淡々と語っている。

竹中が組の運営方針などについて問われるたび、横にいる中山若頭に助け舟を求めるかのように視線を向けている姿と比べると、宅見の受け応えは、有能な経営者という印象を視聴者にあたえたのではないだろうか。

本論にもどそう。

表面的には静かな時間が流れていたが、水面下では相変わらず宅見らによる一和会の切り崩し工作が進められていた。兵庫県警の山口組担当者によれば、「一和会系の組織幹部に近寄り、こっちへきたら、あんたは直参や。黒沢組や弘田組のケースを考えれば、その理屈がわかるやろ、と甘い言葉で誘いをかけるんや。かと思うと、わかっとるやろな、いまのままではシノギがでけへんでと脅しあげる。このアメとムチの手口はかなり効き目があったようで、一和会内部は動揺しとる」そうである。

山口組と一和会の間にきな臭い空気が流れはじめたのは8月23日付で全国の極道に郵送された〝四代目山口組〟名の一和会に対する〝絶縁状〟である。

その内容は、「斯道の本質を失いたる不逞不遜の行為は断じて容認なしがたく、当山口組は永久に一切の関係を断絶するものであります」（本文の一部を要約）というものである。

この絶縁状は、全国の極道から一和会との付き合いで難しい判断が求められている、といった声が寄せられたため、山口組の態度を明確に打ち出す必要に迫られ、宅見らによって書かれたものである。

一和会側は激怒した。

なぜ、このような無礼千万、誹謗中傷の書状をつきつけられねばならないのかと、猛然と反発した。

大事件の予兆である。

暗殺までの15328日

第四章

知略家の策謀

一和会を揺さぶる巧みな人心操縦

若頭補佐に昇格した宅見勝は、一和会追い込みの手を休めなかった。彼は、山本広一和会会長の指導力を揺さぶる戦略を立てた。宅見は、この計画を本部長の岸本才三に明かした。

「ずいぶん思い切ったことを考えよったな」

岸本があきれ顔でいった。

「組織をつぶすにはトップを動揺させるのが一番なんじゃ」

こともなげに宅見がいった。

「その計画を動かすネタはあるんかいな?」

岸本が疑問を口にした。

「ある。なけりゃ兄弟の耳に入れるようなことはせんがな」

自信たっぷりな笑顔を見せる。

「そやな」

岸本がうなずいた。

「段取りは、わしにまかせて欲しい……」

宅見がいった。

本部詰めの若衆が応接室に入ってくる。

ふたりの前にある冷え切った茶を新しいそれに差し替えて去っていく。

「誰も通すなよ」

岸本が若衆に命じた。

「へい」

ドアを閉めながら若衆が答える。

「この話、頭にはしておくが、上にはあげんでおく」

熱い茶を音を立ててすすりながら、岸本がいう。

「失敗した時には、わしひとりで責任をかぶるさかい、心配しいな」

「兄弟のすることじゃ、心配なぞするかいな」

岸本が笑みをつくった。

84年12月3日。

一和会系伊原組の舎弟頭が組員を引き連れて、兵庫県尼崎市内の焼き鳥屋『鳥栄』で飲みはじめたのは同日午後7時半ごろである。

「わしは用事があるさかい先に出るが、おまえたちはゆっくり飲んでおれや……」

午後9時過ぎ、同舎弟頭は、配下をおいて店を出た。そのとたん、暗がりから突然あらわれた山口組系古川組内琉真会の組員に銃撃された。銃弾は彼の腰を撃ち抜いていた。3ヶ月の重傷である。

犯人の琉真会組員は、「9月中旬、兄弟分が尼崎市内で伊原組の組員数人に木刀で滅多打ちになされたので、その仕返しに仲間と一緒に舎弟頭を狙った」と自供した。

この仲間というのは、同じ古川組内の大真会組員のことで、このケンカ沙汰が宅見の耳に入っていたのである。

年が明けて85年1月5日未明、尼崎市内にある古川組の組事務所に、走ってきた乗用車とオートバイから銃弾4発が撃ち込まれた。続いて6日未明には、やはり走行中の乗用車の中から琉真会事務所めがけて銃弾3発が浴びせられたのである。

宅見の計算通りに伊原組は反応したことになる。

山口組にとって一和会山本会長を揺さぶるチャンスが到来した。この抗争事件の一方の当事者である伊原組の伊原金一組長は、山広組の舎弟頭で、一和会結成時に幹事長補佐の重職にあった。彼は山本広会長の側近中の側近なのである。

宅見は、ここに目をつけたのである。

山口組は、傘下の古川組組員を使って伊原組長のタマを狙っているとの噂を流させ、その一方で同組幹部に山口組への復帰を呼びかけた。

宅見は、知略《ちりゃく》にたけている。人心操縦がじつに巧みである。

伊原組に激震が走った。

幹部クラスの間に疑心暗鬼が生まれた。あいつは、おれたちを捨てて山口組に走るのではといった疑念が、幹部組員の間に蔓延したのである。こうした状況は伊原組長の動揺を誘った。

宅見は、このタイミングを見逃さなかった。

彼は、古川組に伊原組幹部を狙わせ、伊原本人には組の解散を迫った。このプレッシャーに音をあげた伊原は韓国に逃亡した。山口組は追っ手を差し向けた。兵庫県警詰めの新聞記者は、次のように解説する。

「山口組の有力幹部がソウルまで伊原組長を追いかけ、ピストルをつきつけて『解散せんかい』と脅しをかけています」

たぶん、そのようなことがあったのだろう。同年1月24日、伊原組長は兵庫県警尼崎西署に逃亡先の韓国から伊原組の解散届けを提出した。その後、彼は、山口組の中山若頭に何度も電話をして解散後の組員の面倒をみてくれるよう要請をしていたという。

この話はまたたく間に広まった。

自分の側近が山口組に追い込みをかけられた挙句、韓国に逃亡し、当地から解散届けを出すという前代未聞のハプニングに見舞われた一和会の山本会長は、同会幹部の批判にさらされピンチに立たされた。

一和会つぶしには巨額利権が……

1月20日、一和会の定例会が開かれた。

会場に居並ぶ幹部たちの厳しい眼が山本広にそそがれた。

「議題に入る前にいっておきたいことがある……」

ある幹部は立ち上がるやいなや、こういい放った。

「会の発展に関することだけに発言を絞ってお願いします」

進行役の幹部が異変を察して、そういった。

「そんな悠長なことをいってる場合やないやろ」

発言を求める幹部は、苛立ちをかくそうとはしなかった。

「では、簡単に……」

進行役の言葉をさえぎるようにして、山本会長に目を向けると、

「伊原が引退したのも、あんたがしっかりせんからや。伊原は、あんたの身内の身内や。その身内さえ崩されるようじゃ、一和会会長の器量が疑われるというもんや」

と、まくし立てた。

別の幹部が発言した。

「わしら恥ずかしゅうてツラをあげて外を歩けんわ……」

こうした批判の声に山本会長は、ひたすらたえていた。

彼がひきいる山広組内には山口組に対する怒りが沸点にまで達していた。

宅見が、一和会つぶしにやっきになっていたことには、彼なりの理由がある。

山口組関係者の間でささやかれていた裏話によれば、それは関西新空港建設にからむ巨額の利権だそうである。同空港建設に関する84年度の政府概算要求額は168億円である。87年に第一期工事が着工されれば、さらに巨額の事業資金が投入される。彼らのシノギにとっては格好の舞台なのである。このころ活動していた山口組系企業舎弟の話を紹介する。

「空港に乗り入れる道路用地の買収、港湾埋め立て、大手建設会社とのコネ、空港内売店の出店権益など、多くの利権があるんですよ。それに、うまく食い込めれば、建設会社、土建会社、土地所有者、レストラン経営者、タクシー業者などの生殺与奪権を握ることになるでしょう……」

彼の話は続く。

「ここは、以前から一和会の加茂田組のシマなんです。ほかには山口組の玉地組、浪速連合系、三代目土井組系、四代目佐々木組系、東組などがからんでいます。つまり、ここは山口組の中小組織と一和会の有力組織が混在しているんですね。だから、宅見組にとっても山口組にとっても、ここは一歩も引けないところなんです。経済に明るい宅見さんなら組織の浮沈をかける戦争をする価値があると読むでしょうね」

危険を察知した組長警備への警告

一和会会長の出身母体である山広組に不穏な動きのあることを宅見勝は84年秋ごろから感じ取っていた。その都度、中山若頭の耳に入れていたが、確たる具体的な事実をつかんでいなかったので、その対応策などは採られぬままとなっていた。

それがここにきて、さまざまなルートから新たな情報が彼の手元に届けられていたのである。

山口組本部の応接室は当番組員の配慮からか、ふだんよりも設定温度が高めてあった。

「ちいと暑すぎるわ」

宅見は上着を脱ぎワイシャツ姿になった。

「アイスティーでも持ってこさせるか」

笑いながら岸本がいった。

「そりゃぁ、きつい一発やなぁ」

岸本の冗談に宅見が応じた。

彼は額に浮いた汗をぬぐうと表情を変えた。

「山広のところのガキどもが20人ばかり消えとる……」

「そりゃ、ほんまか」

岸本が身を乗り出すようにしてたずねる。

「うちの若い衆が取ってきた情報や。いま確認させているところや」

「………」

「本部長のとこは、なんも異常はないか」

「いや、ない思うわ。わしは報告を聞いとらん。そっちは？」

「毎晩、事務所近くを不審な車がグルグルまわっとるそうや」

山口組は全国の極道団体に一和会に対する〝絶縁状〟を発送したが、このころから宅見は防弾カバンを秘書に持たせている。そのカバンは開くと上半身がスッポリと隠れる大きさである。彼は、一和会との関係がギグシャクしはじめたあたりから、自分の身辺には気を配るようになっていたのである。

「消えた山広のガキどものことも心配やけど、もうひとつ、気になることがあるんや」

宅見が顔をしかめる。

「なんや？」

岸本が冷えた渋茶で喉をしめしてから、たずねる。

右手の小指を立てながら、

「組長のコレのヤサ（住居）を府警がつかんだようや」

と、宅見がいった。

竹中組長の愛人は30歳である。

鳥取市内のクラブでホステスとして働いているところを竹中に見そめられて交際、84年春、彼が用意した新大阪駅近くのマンション、『GSハイム第2江坂』の5階に住むようになったのである。小柄な色白の美形といわれている。彼女の存在は、竹中組の幹部と山口組の執行部のメンバーが知るぐらいであった。竹中は、このマンションに週に1度ぐらいの割合で通っていた。

「ほんまか?」

「わしが知り合いのデカと飲んでるときに聞いた話やから、まず間違いないやろ」

さらに、宅見は続ける。

「マンションに出入りする組長の車のナンバーまで確認しているそうや」

「やばい……」

岸本が大きく反応した。

山口組と一和会を一気につぶす最良の方法は、双方に情報を流して相打ちにさせることだ。大阪府警ならば、そのくらいの手荒な方法を採るだろうと、宅見は考える。

「この情報を一和会に流されたら組長が狙われる……」

沈痛な声だった。

「もう流れてしもたと考えたほうがええな」

うめくような岸本の声だった。

「そうや。そのうえで対策を立てんと……」

宅見は思案顔になった。

「ええ知恵はあるか？」

岸本が宅見の顔を覗き込んだ。

「いま、組長の警備は？」

「うん、直参だけでいうと、南力（南組組長）と石川尚（名神会会長）が交代でやっとるが、それ以上は……」

歯切れの悪いいい方を岸本がした。それには理由がある。

竹中は、ボディガードを大勢引き連れて歩くことを極端に嫌がる。「おまえら、もうええから帰らんかい」と、追い返すこともしばしばだった。竹中組の若頭なぞは、そのことで何度も怒鳴られていた。竹中が、これ見よがしにボディガードを何人も連れ歩くことを嫌うのは、彼の一種のダンディズムなのだろう。

「この件は、本部長からじきじきに頭に伝えておいてくれや。わしからも頭に頼んでおくさかい」

「わかった、そうしよ」

「ところで、姐さんの加減は、どうや?」

宅見が話題を変えた。

彼女は前年暮れ、肝臓病と糖尿病が悪化し、京都・八幡市内の民間病院に入院していた。宅見が見舞いにいったときは、すっかりやつれきっていた。

「あまりようないんや。医者の話だと、万一の場合があるというこっちゃ」

顔をくもらせながら岸本が小声でいう。

「しんどいことが重なるもんやなぁ」

ぐちめいた口調だった。

本部事務所を後にしてからも、宅見は組長のガードについて思いをめぐらせていた。

翌日。

彼は、田岡文子の見舞いに出かけた。

病室に入ると中山若頭は付き添い婦がむいたリンゴをほおばっているところだった。

「ごくろうさんです。姐さんの具合は?」

宅見がたずねた。

「さっき打った注射がきいてきたとこや。よう寝とる」

ベッドに目を向けながら中山がいう。

「姐さんには苦労のかけ通しだったからのう、一日も早う家に帰してやりたいわ……」

と、しんみりとした顔になる。

「頭、ちょっと……」

宅見が目線で病室の外に出るよう中山をうながした。

「おっ」

彼が椅子から腰をあげた。

宅見は、エレベーター横の待合室に中山を導くと、

「例の件、本部長から報告があがってますか」

と聞いた。

「うん、聞いとる。きょうも組長にガードを厚くするよう電話でいうとった」

「組長の返事は?」

宅見が、たたみかけるようにたずねる。

「うん、うん、というとったが、どこまで本気か、わからん」

お手あげだ、というポーズを中山がとる。

「こっちで強引にでもやらんと、いかんのとちゃいますか」

宅見が押した。

「今度、組長が女のところへ行くときにわしがついて行く。どんな環境のところなのか、この目で見て警備の人数を決めよ思うとる。それで、どや？」

親分がどういおうと、自分の目で確かめて、ヤバイと思ったら引越しをしてもらうなり厚い警備体制をとる、と中山はいい切った。

宅見の心がすこしだけ晴れた。

彼は、病室にもどると文子に挨拶をして大阪に引き返した。

その夜、宅見は竹中組長のガード役である南力を呼び出し、新地の料理屋で食事をした。彼には防弾カバンを持つ秘書を含めて3人のボディガードがついている。南にも数人の組員が従っていた。

宅見は一和会の動向を詳細に話した。南はうなずきながら聞いていた。

「兄弟、いまは何が起きてもおかしくない状況なんじゃ。組長に怒鳴られても我慢して、もっとガードを厚くしてくれや」

「ようわかっとる。外にいるときは遠巻きに何人もの若衆を立てて組長をガードしているんやが……」

ここで南は言葉を切った。クラブやマンションといった建物内にいるときが警備に頭を悩ますのだという。竹中組長が、「どいとらんかい、うっとうしい」といって嫌がるからである。

「どなられてもええやないか。直接、兄弟が組長にいわなあかん」

出身母体が同じ福井組という気安さもあって、宅見は、執拗にガードの強化を訴えた。

「今度、会うたときにでも、じかにわしがいうわ」

極道にとって組長は絶対者である。

その組長が自分の信念で嫌うことをあえていさめ、納得させようというのだから、つらい役回りである。

「この峠を越せば枕を高こうして眠れるやろ。あとひと息の辛抱や。わしが一和のなかに手え突っ込んでかきまわしてやるわ」

宅見が眼をむいて、いった。

山口組執行部全体の空気としては、当時、宅見が感じているほど危機感を持っていなかった。別ないい方をすれば、一和会をなめきっているようなところがあった。情報に特別な価値をみる山口組の伝統が、いささかないがしろにされていたきらいがある。両組織の勢力差やリーダーの資質が、そんなおごりを生んだのかもしれない。

すくなくとも宅見だけは違った。

情報を宝物のように大切にした。「情報をゴミのようにあつかう極道は、現代社会では生き残れませんね」と、ずっと昔、東京・広尾の高級マンション内にあるガーデン・カフェで私にいっていたことがある。

さて、それからしばらく後の85年1月18日、竹中正久は、若頭の中山勝正らを引き連れて2泊3日の沖縄旅行から大阪空港にもどってきた。友好関係にある同地の極道と懇親ゴルフを楽しんできたのである。竹中は、終始ご機嫌だった。

同空港で出迎えていた宅見勝の顔を見つけると笑みを浮かべ、

「ちいとホテルで休憩してからミナミで飲むか、つきあえ」

と、いった。

ガード体制が万全でないまま組長を盛り場に引き出すわけにはいかない。宅見は、あいまいな返事をした後、竹中の車の運転手に、

「わしの車が先導するから、まっすぐにホテルプラザに向かえ」

と、命じた。

宅見は、予約してある部屋に竹中らを案内した。竹中がバスルームに消えたのを確認すると、小声で一和会の動きを中山若頭に伝えた。愛人の住むマンション近くで宅見組の若衆が、山広組の枝の人間を目撃したという情報である。中山は、黙ってうなずいていた。

シャワーを浴び終えた竹中がガウン姿で部屋にもどってきた。彼は、喉を鳴らしながらビールを飲みほした。宅見は、留守中にたまった連絡事項を竹中と中山に報告した。

竹中らが帰り支度をはじめた。

話の様子から彼が女の部屋に寄り道しそうな気配を感じ取った宅見は、竹中の運転手を呼びつけると、

「ここから姫路に向かう高速に乗るんや、ええな。組長がなにかいうても姫路まですっ飛んで行け。責任はわしが取るけえ」

と、指示した。

「へえ……」

宅見の車を先頭にして竹中、中山の車が続いた。姫路へ向かう高速道路の入り口が見え出したところで、自動車電話を使って竹中組長の運転手に、

「さっきいうたように、そのまま突っ走れ、ええな」

と念押しをした。

竹中の乗る車が宅見の横を走り去っていった。

山広組若頭が編成した竹中襲撃チーム

竹中の愛人が住む『GSハイム第2江坂』一帯は70年の大阪万博以降に開けた新開地で、あたりにはホテル、マンション、雑居ビルが林立している。この地区の雑居ビルには山口組系、一和会系、中立系組織の事務所が多数入居していた。したがって、宅見は、一日も早く愛人をもっと安全な場所に移すべきと考えていたのである。

竹中が沖縄から帰ってきた翌19日夜。

同マンション2階204号室のリビングで、4人の男が緊張感を漂わせながら車座になって拳銃の手入れをしていた。彼らの顔ぶれは次の通りである。

一和会系山広組内同心会会長・長野修一、40歳

山広組員・長尾直美、47歳

山広組内清野組幹部・田辺豊記、37歳

山広組内広盛会組員・立花和夫、52歳

彼らは、14、15日の両日、愛知や三重県下の山中で、38、32、25口径の拳銃4丁を使って実射訓練をおこなっている。いずれも一和会では名の知れた射撃の名手たちであった。彼らが同室に入居したのは1月12日である。竹中がボディガードも連れずに、しばしば女

のところに通っているという情報が系列の組織からはいったからである。

この竹中襲撃チームを組んだのは山広組の若頭である。前年12月初旬に編成された。長尾は犯行の見届け役で、残りの3人が実行役である。

この襲撃チームをサポートするチームも作られている。同チームは3組編成され、毎日交代で竹中の行動を逐一《ちくいち》監視し、リアルタイムで襲撃チームに通報する役割があたえられていた。

「竹中のガキがそろそろつくころやろ、行こか」

リーダー格の長野が腰をあげた。

4人は非常階段を使って1階ロビーに降りた。

このマンションは、西側の道路に面して玄関がある。そこを入ってすぐ右側に管理人室、左側には厚手のガラス板で仕切った庭がある。1階ホールは奥行きが5メートルほどである。正面にステンドグラスを張った壁面があり、その左手にエレベーター、右手が地下駐車場に降りていくドアである。

このステンドグラスの壁面は、非常階段に続く踊り場をかくすように設けられている。

襲撃チームはここで身をひそめた。

激しい緊張感が襲ってきた。

コンクリート床から冷気があがってくる。

体が硬直した。

彼らは足踏みをしながら耐えた。

長野が腕時計を覗いた。踊場で待機してから、もう、2時間近くが経っている。

「あのガキ、予定を変えたな」

彼が独り言をいった。

もう午後11時をまわっていた。

「引き揚げや」

彼がヒットマンたちに命じた。

地下駐車場に置いた白のセダンに乗り込み、西区のアジトに引き揚げた。

この日の竹中組長は、本部で中山若頭らと事務処理を終えると、数人の幹部と一緒にミナミの高級クラブに繰り出し、午後10時前に姫路の自宅にもどっている。実弟である竹中組組長の竹中武との間に緊急な要件ができたからである。

翌日も午後7時から一和会の竹中暗殺チームは『GSハイム第2江坂』の204号室で待機、サポートチームからの情報をひたすら待ち続けた。

竹中が女のもとに向かっているといった情報はなかった。

空振りの日が続いた。

彼らは苛立ちの色を強めていた。

緊張の連続で疲労も極限に達していた。

背後に迫る4人のヒットマン

1月26日。

運命の日が開けた。

この日、田岡邸の隣りに新築される山口組本家の上棟式《じょうとうしき》がおこなわれた。

午前11時前には竹中組長、中西一男舎弟頭、岸本才三本部長、宅見勝若頭補佐など幹部たちが顔をそろえた。

建築会社の役員や大工の棟梁、山口組幹部らがそろって神主のお祓いを受けた後、熨斗《のし》袋《ぶくろ》に入った〝上棟銭〟がまかれて儀式は終わった。

竹中らは昼食を終えると高級外車4台を連ねて京都・八幡市に向かった。入院中の田岡文子を見舞うためである。彼らの訪問を知らされていた文子はベッドで上半身を起こして待っていた。だいぶやつれてはいたが、眼には鋭い光があった。

竹中が病室に入ってくると柔和な表情を浮かべ、

「ちょっと、太ったかの」

といって、彼の手をさすった。

母親が、久しぶりに会う息子を迎えるような仕草だった。

「おおきに。元気でやっとります」

彼は本家の上棟式を終えてきたことを報告した。とりとめもない雑談が続いた。

彼らが病院を辞したのは午後3時過ぎである。

岸本と宅見らは山口組本部にもどった。

竹中らは大阪に直行した。

全日空ホテルで軽く食事をとった後、中山若頭がガードについていた豪友会、竹中組、南組などの若衆たちを帰らせた。残ったのは竹中、中山、南、そして南組と竹中組の運転手だけである。

彼らは2台の車に分乗して堂島の繁華街に足を伸ばした。午後7時ごろのことである。

竹中の馴染みの高級クラブが入居しているビルをうかがうように、1台の白いワンボックスカーが近くに停車していた。車窓には濃灰色のフイルムが張ってあるせいで、車内の様子はまるでわからない。時折、ジャンパー姿の男が車から出てきては路地奥の暗がりに消えた。竹中たちが大勢のホステスに取り囲まれるようにしてクラブから出てきたのは同日午後9時ごろである。

ホステスたちの輪から離れると、南が中山になにやら耳打ちをした。

中山が黙ってうなずいた。

彼は竹中に近づくと、

「今夜は向こうのマンションまでお供させてください。警備が手薄だと岸本や宅見がうるさくいうとりますので、一度、わしの目で見ておこう思いよりまして。ヤバイと感じましたら、安全なところに移っていただきますので、よろしゅうに……」

と、小声でいった。

「ああ。しゃあないな」

今夜の竹中は、素直だった。

南組長の車だけがビルの前で待っていた。

竹中と中山が後部座席に乗り込み、南が助手席に座った。運転手は南組の松崎幸司である。

3人の大幹部を乗せた高級外車は吹田市江坂町に向かって走り出した。そのあとを充分な車間距離をとって白のワンボックスカーが追尾した。

新生山口組を作るチャンス

そのころ、襲撃チームの4人は204号室でテレビを見ていた。竹中ら山口組の大幹部が田岡文子の見舞いに行っていたことや堂島の高級クラブで飲んでいる情報も、すでに彼らのもとに届いていた。

「今夜も空振りになるんやろか」

ため息まじりに田辺がいった。

「好きな女のところに顔を出せんほど、竹中のガキは急がしいんか？」

彼らは待機の連続に疲れきっていた。

「竹中組がマイケル・ジャクソンの日本公演を準備しているそうや」

「ほんまか？」

「噂で聞いただけやが……」

この企画を竹中組長の実弟・正に持ち込んだのは一時期プロレスラーとして人気を博したヒロ・佐々木（本名・空中恒夫）である。

彼は1947年に神戸で生まれた。母親はマウイ島出身の日系2世である。ヒロ・佐々木はプロレスラー時代のことを『ペントハウス』誌（61年10月号）で、次のように語っている。
『カール・ゴッチは正統派のプロレスラーで練習が厳しく、自分も弟子も鍛えに鍛えた。1966年、僕はハワイで〝ヒーロー佐々木〟というリングネームでデビューした。佐々木というのは中学時代の先生の名前を借りた。ヒーローがいつの間にかヒロになって、現在のヒロ・佐々木になったんだ。僕は、カール・ゴッチについて正統派のプロレスを学んだが悪役に転じた。僕くらいの体格では正統派で成功できないと見極めたからである……』

竹中正が米国側と結んだ契約書によると、マイケル・ジャクソンの日本公演は、日本時間の1985年10月24日から31日の間におこなうものとし、商業公演が2回、チャリティ公演1回、テレビ出演1回となっている。マイケルに渡す出演料は160万ドル（当時の為替相場で4億円）である。

ヒロ・佐々木は、この仲介料として2回にわけて竹中正側から計50万ドル（約1億2千万円）を受け取った。同年7月、このカネで佐々木の妻はハワイで7千万円の住宅を購入した。（ずっと後のことになるが、この公演話は詐欺事件として発覚する）

「ごついことを考えとるんやなぁ」

テレビから目を離してヒットマンのひとりがいった。

彼らは、竹中組がマイケル・ジャクソンの日本公演を企画している話に夢中になった。こんな話でもしていないと緊張感で押しつぶされてしまうのである。

「竹中のガキ、この仕事で急がしいんとちゃうか？」

「わしもそう思うわ」

「しばらくの間、こっちにはこれんやろな」

部屋の中に安堵感が漂った。

そのとき、重量感のある大型携帯電話が鳴った。

「竹中の車が、そっちに向こうてる」

サポート班からのものだった。

「何人や？」

長野がうわずった声でたずねる。

「中山と南がついとる」

「それだけか？」

「あとは運転手だけや」

「よっしゃ」

「5、6分で着くやろ。終わったら（襲撃チームを）ひろっていくけぇ、いつものところで待っとる」

「頼んまっさ」

長野が電話を切った。

田辺が38口径拳銃をジャンパーのポケットに入れる。立花は32口径をズボンのベルトに差し込んだ。長尾は32口径改造拳銃を手にした。

彼らは廊下の先にある階段を使って1階に降り、いつもの踊り場で待機した。3人は至近距離から銃撃するという事前の打ち合わせ通りに実行することを再確認した。それぞれが拳銃を握りしめていた。長野は少し遅れて部屋を出た。

現実となってしまった最悪の惨殺劇

同日午後9時15分ごろ。

高級外車が『GSハイム第2江坂』マンション前に到着した。

南と中山にはさまれるようにして竹中が同マンションの玄関をくぐった。

彼らは、前方左手にあるエレベーターにゆっくりとした足取りで進んだ。

竹中は両手をズボンのポケットに入れたままで中山に笑顔を向けていた。

南がエレベーターのボタンを押そうと手を伸ばした。

そのとき、

「おんどりゃぁ」

と叫びながら3人組が襲ってきた。

田辺が2メートルほどの至近距離から竹中に発砲した。

続いて長尾が撃った。

竹中が腹を両手で押さえながら、

「わりゃぁ……」

と、うめき声とも怒鳴り声ともつかぬ声をあげ、床へ座り込むような形で崩れ落ちた。

田辺と長尾は、中山めがけて連射した。

倒れこんだ中山は、はいずるようにして非常口ドアの方に進んだ。

南が中山に拳銃を向けている田辺を突き飛ばした。

田辺がホールの床に倒れ込んだ。

南が馬乗りになった。

そこへ長尾が背後から襲いかかった。

彼は、南の首に腕を巻きつけ、頭部に銃撃を押しつけるようにして発砲した。

立花は、南と竹中に向けて32口径を撃ったが不発だった。

床に座り込んでいる竹中と犯行見届け人の長野の目線が合った。

竹中は渾身の力をふり絞って立ちあがると、玄関を目指して歩き出した。その背中に向かって立花が撃った。

なおも竹中は歩き続けた。

「待たんかい……」

長野と立花が追った。

南組の松崎が銃声を聞きつけたのは、マンション前にある駐車場に車を入れているときだった。

異変が起きたと感じた彼は、車を玄関前にもどした。そこへ竹中が腹を押さえながら出てきた。

「手を貸せや……」

竹中がいった。

松崎は竹中を抱えるようにして高級外車の後部シートにすわらせ、ハンドルを握った。

マンションから真っ先に飛び出してきた長野が車の前に立ちふさがった。バンパーのすぐ近くである。

彼が拳銃を構えた。

「いてもうたろか」

松崎は怒鳴り声をあげながら、思いっ切りアクセルを踏み込んだ。

高級外車が急発進した。

ドスンと鈍い音がして長野の体がボンネットの上で舞い、路上に落ちた。

竹中を乗せた車は猛スピードで10キロ離れた南組の組事務所に向かった。

松崎は自動車電話で緊急事態の起きたことを当番組員に伝え、

「竹中組長が腹をやられたので、そっちへ連れて行くけぇ。病院の手配をしてくれ。うちの組長の様子がわからんで困っとる」

と、早口で訴えた。

南組に到着したのは事件発生から15分後である。救急車が待っていた。竹中は応急の止血処置がとられた後、天王寺区内の大阪警察病院に収容された。

そのころ、『GSハイム第2江坂』には大阪府警と救急隊が駆けつけていた。1階ホールのエレベーター前では、南組長が血だまりの中に顔を埋めるようにして倒れていた。中山若頭は、それとは反対側にある駐車場へのドアにもたれるようにして倒れていた。ふたりは千里救命救急センターに収容された。

竹中組長ら3人は、病院に収容されたとき、すでに意識はなかった。

南組長は、ほぼ即死状態、中山若頭は、翌27日未明に息を引き取った。竹中組長は、長時間にわたる手術にたえていたが、同日午後11時25分に絶命した。

彼らの検視カルテは、凄惨な殺人劇を物語っている。

竹中組長は腹と胸に2発、中山若頭は頭、胸、背中に3発、南組長は頭に1発、被弾していた。使用された拳銃は、遺体に残された弾丸の線条痕から38口径と32口径の3丁と断定されている。

竹中組長は右腹部に1発、銃弾を受けていた。殺傷力の強い38口径から発射された弾丸は、彼の小腸を貫通して腎臓の裏側まで達していた。さらに1発、32口径の拳銃から撃たれた弾丸は、鎖骨下から心房をかすめるようにして横隔膜を突き破り、肝臓に達していた。2発目の銃弾は竹中の左胸から肝臓へ斜めに入っているところからみて、1発目を受けて前かがみになったところに第2弾が撃ち込まれたと思われる。彼の右手人差し指は骨が砕かれ吹っ飛んでいた。拳銃を奪おうと襲撃者に立ち向かった際に銃弾を浴びたのかもしれない。

中山若頭は頭、胸、背中に3発の銃弾を受けている。頭の銃創は左目下から斜め上に向かって入り、頭部で止まっていた。別の弾丸は右から左へ、胸を水平に貫通していた。

そして、残忍なとどめの1発。

頭と胸に受けた2発は致命傷といってよいものだった。それでも中山は逃げ延びようとした。背中からの追い撃ちは、そのためにおこなわれたものだろう。この3発目は背中から斜めに入り、骨盤で止まっていた。

南組長は左側頭部から1発撃たれていた。彼はベルトの背中部分にベレッタ25口径を差し込んでいたが、それに手をかける間もなしに殺られてしまったのである。

〝竹中組長撃たれる〟の一報を受けた岸本才三本部長や宅見勝若頭補佐らは、続々と大阪警察病院に集まってきた。

病院前は異様な空気につつまれた。

約100人ほどにまでふくれあがった若い組員たちが、

「こうなったら山広を殺ったる……」

「無差別攻撃や、だれかれかまわん、皆とったれ……」

と、口々にわめき散らし、警備にあたる機動隊員と、あちこちでもみ合った。

「兄弟の心配しとったことが現実になってしもうたなぁ」

病院内の通路の隅で岸本が無念そうにいった。

宅見は、黙っていた。

田岡一雄の没後、四代目が決まるまでに3年前後の時間がかかっている。このため山口組は分裂し、今回の惨事につながっている。

宅見は、そこを見すえていた。

「新生山口組を作るチャンスやと、わしは思うとる。力を貸してくれや……」

「何を考えとるんじゃ?」

岸本がたずねた。

「渡辺を押し立てて行こう思うとる」

渡辺芳則は関東出身ということもあって、二代目山健組内での支持基盤にもろさを抱えていた。そのうえ若頭補佐に昇格して、まだ時間が浅い。そんな彼を支援しようというのである。岸本には、その意図がわからなかった。

「一気に組長にというんやない。まず、若頭に押し上げるんや」

宅見が将来展望の一端を明かす。

「兄弟が頭のポストについたらええやないか」

極道としての長いキャリア、三代目の直参というように若頭の要件は充分に満たしている。どこからも異論は出ないだろう。

「若頭は次の組長候補や。わしら執行部にとって、組内の基盤が弱い渡辺が適任や思う」

宅見が続けた。

「信用でけて、頭の切れる男はおらんかのう?」

「いい男がおる。わしが保証する」

岸本は、二代目吉川組の野上哲男組長の名前を挙げた。

暗殺までの15328日

第五章

新体制への布石

若頭抜擢をめぐる執行部の思惑

組長と若頭の突然の死。それも対立する一和会系組員による惨殺だっただけに、神戸と高知でそれぞれ営まれた竹中正久と中山勝正の葬儀は、終始、殺気立った空気につつまれていた。

「おまえら、なにをチョロチョロしとるんや。どついたろか、ほんま……」

事件から5日目の85年1月31日。

神戸市灘区内にある田岡邸の正面玄関前で警備をする組員たちから詰めかけた200人もの大報道陣に、こんな罵声が浴びせられた。

竹中四代目の密葬がはじまる2時間前、兵庫県警捜査員との間でも、ちょっとしたトラブルが起こった。

正面玄関前に張られたふたつのテントに「道路使用許可を取っていない」と、捜査員がクレームをつけたのである。

応対に出た岸本才三本部長、渡辺芳則若頭補佐との間で押し問答が続き、結局、山口組サイドがテントのひとつを撤去、組員を表に並ばせないという条件を出して、どうにかケリがついた。

こんなやりとりが一段落するころから、次々と弔問客が訪れはじめた。山口組の舎弟や若中は葬儀がおこなわれるオリエンタルクラブ用地に直接車で乗りつけ、正面玄関からは外部組織および一般弔問客がはいる手はずになっている。友好団体である稲川会、三代目会津小鉄会、五代目酒梅組、愛桜会、住吉連合、東亜友愛事業組合関係者などが続々と邸内に消えていく。

葬儀開始の午後1時ごろになると、田岡邸の内外は約1500人（兵庫県警調べ）の組関係者でふくれあがった。

上空では2機のヘリコプターが旋回を続ける。約400人の兵庫県警機動隊員がジュラルミンの盾を持って周囲を包囲し、それにまじって報道カメラマンがしきりとシャッターを切り、民放テレビ局がクレーン車を使って撮影をはじめるなど、まさに異常なまでの加熱ぶりであった。

読経の声がスピーカーに乗って流れてくる。それが10分ほどで終わると焼香に移った。まず、喪主をつとめる実弟の竹中正（竹中組相談役）と竹中武（竹中組組長）、続いて入院先の京都の病院から駆けつけた田岡文子未亡人、さらに親戚筋、直系組長の順で焼香台の前に立った。

出棺は午後2時である。

岸本才三本部長、宅見勝若頭補佐、渡辺芳則若頭補佐らによって抱えられた棺はすぐさま霊柩車内に運び込まれ、神戸市北区内の斎場に向かった。その後をチャーターした何台もの大型バスで組員たちが葬列を組んだ。

その前日。

高知市長尾山町では中山勝正若頭（豪友会会長）の葬儀が神式でおこなわれた。閑静な住宅街にある中山の邸宅前には午前9時ごろから喪服姿の組員たちがズラリと立ち並ぶ。その前には高知県警の機動隊員がジュラルミンの盾を持って対峙する。

そんななかを神戸、姫路、和歌山、泉ナンバーの高級外車が続々と到着、中山家周辺は黒服姿で満ちあふれた。組名と山菱の代紋を刺繍した喪章をつける大勢の組員たちが車から姿をあらわすたびに、「ごくろうさんです」という大声が響き渡る。

トップを失った組員たちは怒りを必死で抑え込んでいるのか、どの顔も上気している。600人もの機動隊員と些細なことで小競り合いを起こす。

昼近くになって小雪が舞った。広大な邸内の様子は伝わってこない。

この日、弔問に訪れた組員は高知県警の調べで県外から70団体800人、県内から300人の約1100人だった。

午後1時、出棺。

「まだこれからという50歳を前に、志なかばにして逝ったことは、おそらく故人も断腸の思いでありましょう……」と、遺族代表が切々と述べる。

四国随一の歓楽街・高知市を抱える豪友会と、一和会系中井組（中井啓一組長）との間で葬儀の終了を契機に、抗争が勃発することが予想された。このため県警は各所に多数の警官を配備し、警戒態勢を敷いている。

「山口組本家のナンバー2になり、さあこれからというときに殺られただけに、豪友会の連中の怒りは相当なもの。『他の組に先駆けて山広のタマを取れ』と指令が出ているという情報がある。葬儀の際に一部有力組員の姿が見えなかったが、すでに潜行している可能性がある……」と、捜査関係者は警戒心をあらわにする。

緊急事態を最短で対処する中西・渡辺体制

組長や若頭の葬儀をすませても宅見勝にはひと息いれる暇もなかった。

彼は、古参組長の間をまわっては、「次代の山口組をになう逸材を育てねばならんのや」といって渡辺芳則若頭補佐の若頭昇格を訴えた。

彼らの反応はふたつに大別された。

一和会からの離脱者を大量に受け入れて肥大化を続ける山健組の姿勢に違和感をおぼえる者と、中西一男舎弟頭の組長代行昇格とのセットで容認する者とに色分けされたのである。山口組本部の応接室で岸本才三、宅見、野上哲男が額を寄せるようにして密談をかわしていた。

「たしかに山健の動きは、ちと異常やわな。恐怖心をおぼえる気持ちもようわかる」

宅見が苦渋の色を浮かべた。

「違和感を持ってるそのグループはひとまずおいといて、中西組長とのセットの問題を考えようやないか」

岸本が提案した。

野上がうなずいた。

「そやな……」

宅見が相槌《あいづち》を打った。

組長と若頭が一緒にいなくなるという緊急事態に短時間で対処できる道は中西組長の代行昇格がベストであろう。執行部の若返り人事を恐れる古参組長を口説き落とすには格好の切り札になると彼らは考えた。だが、ごく一部とはいえ横浜の益田芳夫舎弟頭補佐（益田組組長）を推す声もあった。

「それは、ほんの一握りの声やろ、気にせんでええんとちゃうか」

宅見が断じた。

ふたりがうなずいた。

彼らがこれまでに集めた渡辺支持票は、中西とのセット案を含めると50票を楽に越えていた。直参の3分の2が支持している計算になる。

「その線でもうひと汗かこうやないか」

宅見が総括するようにいった。

連日、彼らは、態度を明らかにしていない直参組長のもとを訪ね、中西・渡辺体制への支援を訴えた。益田代行論を主張し続ける者や日和見を決め込む者もいたが、日が経つにつれ宅見らの考えに同調する者が増えていった。

一和会による暗殺事件から10日後の2月5日、山口組執行部は中西一男代行・渡辺芳則若頭体制を決めた。岸本才三は、この渡辺昇格人事について、99年4月9日に別件で神戸地検に録取された検事調書の中で、次のように答えている。

「四代目山口組組長が殺害された当時、渡辺組長（五代目山口組組長の意）は若頭補佐の末席でした。それから2ヶ月後に若頭になったのです。若頭補佐の末席から若頭になったのは、当時の執行部のいろいろな思惑があったと思います」

山口組本部での事務処理を終えた後、宅見ら3人は神戸・中央区内にある中島コーヒー店に寄った。彼らの行きつけの店である。

「やあ、おつかれさん」

宅見が満足げな表情を浮かべた。

「これでよかったんかいな。兄弟が頭の最適任者といまでも思うとるが……」

ずっと前と同じことを岸本が口にした。

「これが一番なんよ。前にもいうたように、これがわしらの計画の最終案とちゃうで」

宅見は機嫌がよかった。

野上がうまそうにコーヒーをすすった。

山口組が白旗を掲げるか、一和会が壊滅するか

山口組組長と若頭のクビを取った直後にアサヒ芸能誌が一和会の最高幹部にインタビューをし、その胸中を語らせている。平時ならともかく、抗争の真っ最中での取材だけに貴重な記事である。同誌編集部の好意に甘えて、この直撃インタビュー記事を紹介する。

一和会が竹中四代目らを襲撃したのは(85年1月)26日夜だったが、以来、一和会の最高幹部連は不眠不休に近いという。山口組からの報復に対する防備対策、さらに山口組に対して二波、三波の攻勢をかけようと、その戦術を練っているフシもある。(中略)
この最高幹部事務所には多くの組員が結集、殺気立った異様な雰囲気をかもしだしてい

はいえ、インタビューに応じてくれた。

*

た。もちろん、事務所の電話は鳴りっぱなしで、山口組と〝全面戦争〟に突入した緊迫感をあらわしていた。そんななかで最高幹部は文字通り陣頭指揮をとっていたが、短時間と

――山口組のトップをいきなり殺るなど、あまりにも衝撃が大きかった。

「ワシらはすでに腹をくくっている。戦争をはじめたからには、あとはワシらが殺られるか、山口組ととことん戦って懲役に行くか、道は二つに一つだ。一和会は、山口組に対して一歩も引きさがらない。いまの一和会の団結は山口組の比ではない」

――竹中組長襲撃は計画的犯行といわれているが……

「そのとおりや。襲った一和会の四人の組員は、山広組の中でも拳銃の腕ききばかりで、昨年11月ごろから潜行して、四代目を殺る機会をひそかに狙っていた。あの日は千載一遇のチャンスやった。それをモノにしたということや」

――竹中組長の女性のマンションの存在はどこから知ったのか？

「一和会の情報網は甘くない。相手の動きなど、手にとるようにわかっていた。たとえば、四代目が女性の部屋にボディガードを連れずに再三訪れていたことも知っていた」

――四代目をターゲットに決めたのは、いつごろの時点か。

「周知のように、一和会は山口組を脱退した者で結束した団体やが、一和会の組織固めが

終わった時点で竹中襲撃の計画を立てた」

――四代目射殺のそもそもの動機は何か。

「むろん、筋の通らない四代目擁立に根がある。しかし一時期、ある人物が動いて、山口組との共存共栄を保ってきたので、一和会内部にも『それでいいじゃないか』という妥協論が出てきた。それは否定しない。しかし、四代目サイドはわれわれの業界内に『一和会を無視する』という内容のチラシを配ったばかりか、陰ではいたって陰湿な手段で嫌がらせを続けてきた」

――例えば？

「大阪の一和会の有力団体事務所前に駐車してあった組の車にガソリンをかけて燃やしたり、名古屋の一和会系事務所にダイナマイトが投げ込まれたりした。伊原組の解散も同じや。伊原組の伊原金一組長は弱気な男で、韓国に逃げたりしてみっともない行動をとったあげく、組を解散したが、その原因も山口組の陰湿な脅しにあった。だいいち、伊原組のナベ、カマ（資金源）に山口組は手を突っこんだのやから、極道のイロハ以前の問題や」

――一和会は結成当時に比べ、構成員の数が激減したが、それも山口組が原因か。

「そうや。山口組は一和会に対し、あの手この手で撹乱してきた。その結果、ま、ハンパな組や組員が脱落していったわけや。しかし、いま残っている組員は、最高幹部から末端の組員まで筋金入りの者ばかりや。だから、山口組との一戦も、組員が大量に殺されようと、最後の一兵に至るまでとことん戦う」

——それにしても、いきなり山口組のドンとナンバー2を暗殺するとは驚いた。

「窮鼠《きゅうそ》猫を噛むや。なにしろ、これ以上、山口組から嫌がらせを受けると、一和会自体の存続にかかわる問題にもなりかねなかったから……」

——当然、山口組の猛烈な報復が予測されるが……

「さあ、どうかな。53年に故田岡親分が松田組の鳴海に狙撃されたときは、当時健在だった山本健一若頭が総指揮をとって松田組に襲いかかったが、いまの山口組に山本若頭のような指揮をとれる人物がいるかどうか。おそらく、山口組内部は指揮系統が大混乱しているやろう。四代目、若頭を失った山口組は糸の切れたタコのようにフラフラしているのではないか」

——山口組の〝鉄砲玉〟がすでに地下に潜り、ひそかに一和会の最高幹部クラスを狙っているという情報も流れている。

「来るなら、来いや。一和会は全員がすでに命を捨てる覚悟はできてるんやから、いつでも受けてたったる。また、万が一、一和会の者に犠牲が出たら、さらにそれに見合う分、山口組の幹部連中を殺ったる。とにかく、一和会は極道の道を貫く」

——この抗争は長期戦になるということか。

「そのとおり。山口組が白旗を掲げるか、一和会が壊滅するか、そのいずれになるかまで戦いは続く。2年や3年では決着がつかんやろう。一和会はその覚悟も十分に固めている」

――となると、一和会と友好的な関係にあるアンチ山口組の『関西二十日会』系組織の参戦も予想されるが……

「それはない。一和会の実力をみくびってもらっては困る」

――第三者の実力者が動いて手打ちという道はどうか。

「絶対にありえない。だいいち、一和会と山口組双方に強力なパイプを持っているような実力者はいない。また、もしいたとしても、一和会が手を打つなど考えられないことや。とことん戦うから犠牲者も多く出るやろうが、一和会の組員は極道にふさわしい末期《まつご》を遂げてみせる」

激化する一和会への報復攻撃

暫定政権とはいえ新体制が整ったことで山口組は一和会への報復攻撃を本格化させる動きをみせた。中西・渡辺体制が決まった2月5日の幹部会で岸本本部長は、「本年は信賞必罰主義で挑む」旨の発言をし、報復の実績が直参たちの人事考査に反映される考えを強くにじませたのである。

このため警察庁は、全国の警察本部に山口組に対する警戒を厳重にするよう指示を出した。兵庫県警の山口組取締本部などは立ち小便をしている末端組員までもあらゆる法令を駆使して検挙した。かねてから極道たちに〝暴力捜査〟と恐れられていた大阪府警4課の取り調べ手法はさらに厳しさを増した。

検挙された極道がふてくされた態度で取調室の椅子に座ろうものなら、「このヒシモン（山口組組員の意）が、礼儀作法を知らんのか」と一喝、いきなり机の角に腹をぶつけて、「わしが組長に代わって挨拶の仕方を教えたる」と称して、名前を呼んでは大声で返事を繰り返させる。血反吐《ちへど》を吐くまで続ける。さらに、道場へ引っ張って行き、気合いを入れてやるといっては、極道のシャツの襟元を締めあげ、頚動脈を圧迫して気絶させる。こんなことは序の口で、エビのように折り曲げた極道の上にまたがって、タバコをすぱすぱ吸う捜査員もいる。

「唄わん（自供）なら唄わんでもええ。いっちょ、いったろか」というなり、一日中、暴力をふるい続けるケースなどは地元の新聞記者なら周知のこと。極道に口を割らせるには暴力が手っ取り早いのである。

報復攻撃の第一弾は暗殺された若頭の地元である高知で起きた。

2月23日、数人の山口組系豪友会（岡崎文夫二代目会長）組員が高知市営競輪場で一和

会系中井組組員に拳銃を乱射、2人を射殺し1人に重傷を負わせた。

中井組が反撃に出たのは3週間後の3月17日である。

同日午後8時過ぎ、中井組内弘田組の舎弟らは、高知市内にある豪友会内岸本組事務所に乗り込み、同組組員を射殺した。

その半月後、今度は豪友会側が再報復攻撃に出る。

4月4日、豪友会内岸本組幹部が宅急便の配達員を装って中井組本部を訪れ、応対に出た同組組員を射殺、もう1人にも重傷を負わせた。

高知県警は全警察官の半分以上になる800名を動員して警戒にあたっていたが、そのわずかな間隙を突かれて〝報復合戦〟をされてしまったのである。

山口組による報復攻撃は他の地域にも飛び火している。

3月5日夜、大阪・西成区内にある一和会系溝橋組内藤原組事務所に山口組系の枝の組員があらわれ、藤原組幹部に拳銃を発砲、重傷を負わせて逃走した。

翌6日。三重・四日市市内にある山広組内水谷一家の相談役が妻と喫茶店でコーヒーを飲んでいるところを、山口組の枝の組員ふたりに拳銃を乱射され、即死した。

3月24日は再び大阪で銃声が響いた。

同日午前、一和会系徳心会の組員が事務所前で待ち伏せしていた山口組系の枝の組員によって右足を撃たれ、重傷を負った。翌日には、一和会系井志組関係者が、山口組系章友会の組員にわき腹をドスでメッタ刺しにされ、重傷を負った。

頻発する山口組の報復攻撃をさけるため、一和会会長の山本広は消息を絶った。

宅見は、彼の逃避行を最大限利用した。

一和会を支える理事長の加茂田重政や幹事長の佐々木道雄が同会を抜けて独立を目指しているといった噂を末端の組織を使ってばらまかせたのである。

その流言は極道の口から口へと伝わり、ジャーナリストの筆を通して週刊誌誌上で予測記事となった。

一和会に激震が走った。

加盟組織の間に動揺が広がり、収拾がつかなくなったのである。このため加茂田ら同会幹部は積極的に週刊誌の取材に応じ、噂の火消しに躍起となった。

それでも一和会系組織の疑心暗鬼は解消されなかった。彼らは浮き足立っていた。

こうした状況とは無縁ではなかったのだろう、4月14日の一和会定例会に山本広会長は80日ぶりに姿を見せた。彼は、「長期間姿を見せなかったのは持病の治療のため」と釈明し、これからは第一線に立って山口組と対峙していく決意と語った。

山口組の報復意思は衰えをみせなかった。

一和会の定例会直前からその後にかけて、これまで以上の激しい殺戮《さつりく》を各地でおこなった。

まず、定例会の前々日。

山口組系弘道会（六代目山口組組長の出身母体）内園田組幹部が女性を使って一和会系水谷一家内隈田組幹部ふたりを名古屋市内の喫茶店に呼び出し、その場から拉致した。その後、ふたりに手錠をかけて一人を射殺、もうひとりに重傷を負わせ、車内に閉じ込めて路上に放置した。

定例会の当日。

山口組系後藤組の幹部は、定例会から組事務所に帰る途中の一和会副幹事長の吉田義信の乗る車を神戸・三宮で襲撃、拳銃4発を乱射して同乗の組員に重傷を負わせた。

加茂田組系組織も襲撃されている。

4月21日夜には、山口組の枝の組員ふたりが、一和会系加茂田組内西林組の組事務所に押し入って拳銃を乱射、同組の幹部に重傷を負わせた。

翌々日には、やはり山口組の枝の組員が一和会系白神組内勇魂舎の組事務所に銃弾を撃ち込む事件があった。このカチコミの30分後には、山口組系山健組内健竜会の下部組織の組員が、和歌山市内のクラブで豪遊中の一和会系美松会内光山組の組長を射殺した。

散発的ではあるが、一和会側も報復に出ている。

同月23日夕方、一和会系加茂田組の組員が、神戸市内の駐車場で山健組系高橋組の組員3人に走行中の車の中から発砲し、ひとりを射殺して逃走した。

翌日、山口組は反撃に出ている。

同日午後、山口組系の枝の組員が、神戸市内にある加茂田組の組事務所近くの公衆電話を使っていた同組系の組員を銃撃、重傷を負わせて逃走した。

5月に入ると両陣営の対決は一層激しさを増す。

同月5日、山口組系の枝の組員ふたりが、石川県加賀市内にある一和会系奥原組の組事務所を急襲、同組若頭を射殺、同組幹部に重傷を負わせた。ただちに一和会側が反撃に出る。同会系の枝の組員が、山口組の本部長が率いる岸本組の組事務所近くで、同組系南組の組員を射殺して逃走した。同日中に山口組が〝返し〟にでる。山口組系の枝の組員が加茂田組の中堅幹部を銃撃、重傷を負わせた。

流血の抗争は混迷の度を増すばかりだった。

兵庫県警がまとめた資料によると、5月14日だけでも7件の銃撃事件が発生しているのである。

警察当局の厳しい監視下におかれた山口組の構成組織の中には、シノギに支障をきたし悲鳴をあげるところも少なくなかった。とくに末端の組員のシノギは競輪、競馬のノミ屋や飲食店、パチンコ店からのミカジメ料が大きな比重を占めているだけに、彼らは深刻な状況に置かれていた。女房を夜の街に働きに出す者もいれば、夫婦で近所の幼児を預かって保育めいたことをして日銭を稼いでいる者もいた。

外部に漏れることはほとんどなかったが、直参の定例会では毎回、末端組員の窮状が話題になり、報復攻撃の一時縮小を求める考えも出ていた。しかし、こうした声はごく限られたもので、組長と若頭を同時に取られた怒りの声にかき消されていた。一連の報復攻撃で山口組は一和会側のタマを8人取っているが、それでも血のバランスは欠けているという論理である。山本広会長を筆頭に加茂田重政理事長、佐々木道雄幹事長の三枚看板を取らないうちは報復攻撃をやめない、という強硬意見が大勢だった。

宅見や岸本らは、こうした大多数の意見とは、ちょっと違うとらえ方をしていた。「山口組のメンツを損なわないで、血の抗争を終結させる手立てはないものか」と考えていたのである。

喫緊の課題になった山一抗争の対応策

梅雨の季節が間もなく明けようとしていたころ、山口組本部の応接室で渡辺若頭、岸本本部長、宅見若頭補佐の3人が額を寄せ合っていた。

クーラーが低いうなり声をあげていた。

「いや、かなわんなぁ、この暑さには……」

渡辺が、タオルで顔の汗をぬぐった。

「例の話、兄弟の口から直接いうてくれや」

アイスティーのグラスを持つ手をひらっと動かしながら岸本がいう。

軽く宅見がうなずく。

「頭、一和への撃ち込みですが、ちいと様子を見ちゃ、どないでっしゃろ。ユニバーシアードがありまっさかいに……」

「……」

渡辺が怪訝な顔をした。

ユニバーシアード大会とは、国際学生競技大会のことで、2年に1度、夏季・冬季大会が各国の学生が参加しておこなわれる。この年は日本がホスト国になっていた。

「世界から応援の観客がぎょうさんきよりますし、そんななかで撃ち込みが起きたら、世間の批判がどーんと山口組に押し寄せてきまっしゃろ」

この大会の期間中だけでも動きを止めることが山口組にとって上策になる、と宅見は訴える。

岸本が相槌を打つように、何度もうなずく。

「そやなぁ……」

渡辺が思案顔になる。

「県警や府警からも内々に話がきちょります。ここは向こうに貸しを作る意味でも……」

宅見が押す。

「うーん」

渡辺が、岸本の顔を覗き込む。

「それがええんとちゃいますか」

彼が援護する。

「わかった、それで行こ。代行には、わしの方から話しておく」

渡辺が決断した。

早速、岸本が傘下の各組織に〝ユニバーシアード休戦〟を通知した。

8月のユニバーシアード大会期間中に続き、9月もほとんど流血抗争事件はおきなかった。しかし、10月に入ると再び抗争は活発化し、11、12月へとなだれ込んでいく。

山口組の枝の組織では一和会の組幹部を狙う動きが目立つようになっていた。殺るならでかいタマを、と考えるのである。名もなき末端組員を殺ったところで、その評価はスプーン一杯にもならないが、でかいタマなら極道としての未来が約束される。同じ懲役刑ならどちらが得か、と彼らは考えるのである。

同年12月9日深夜、一和会大幹部の加茂田重政宅2階の屋根に、ふたつの黒い影が動いた。

彼らは二手に分かれ、それぞれが地上に長いロープをおろす。それに仲間の組員が夜陰にまぎれて灯油缶をむすびつける。ロープを2、3度、軽く引く。準備が完了した知らせである。上からロープが慎重にたぐられる。ゆっくりと灯油缶があがっていく。同じことが何度も繰り返され、加茂田家の屋根の上には6本の灯油缶が運びあげられた。彼らは、屋根から家屋全体に灯油をぶちまいて放火しようと計画していたのである。しかし、誤算があった。彼らがまいた灯油は強烈な匂いを発し、加茂田家の当番組員に気づかれてしまったのである。結局、放火未遂でふたりは逃走した。

この放火未遂事件の報復がはじまった。

翌10日から12日にかけて、加茂田組の総攻撃が山口組最高幹部の組織に向けられたのである。

かなり激しいものだった。

組長代行の中西組系列組織に2件、若頭補佐の宅見組系列組織に1件、若頭補佐の一心会系列組織に1件、そして若頭の山健組系列組織に7件のカチコミがおこなわれたのである。

それでも山口組は、一和会幹部に狙いを定めて執拗に攻撃を繰り返している。

加茂田重政宅放火未遂事件から11日後の同月20日、一和会本部事務所前で松美会系組員と中川連合会系組員が、走ってくる車の中から狙撃された。この銃撃で中川連合会系組員が死亡した。さらに、その5日後には一和会組織委員長の北山悟が狙撃された。

山口組による一和会幹部襲撃は、翌86年になっても続けられる。

同年1月21日、加茂田組系傘下組織の組長宅に、深夜2時、ドアを蹴破ってふたりの竹中組組員が押し入り、寝ていた組長夫婦を叩き起こして、妻の目の前で同組長を射殺するという手荒い事件が発生した。

この年は宅見にとってつらい出来事が続いた。

同月21日、病床にふせっていた山口組三代目・田岡文子未亡人が治療のかいもなく他界した。また、8月には、竹中組の武器購入にからんでハワイで長期拘留されていた織田組組長の織田譲二が静脈瘤破裂で死去した。彼は宅見が厚い信頼を寄せていた山口組直参の先輩である。

宅見には悲しみにひたっている暇はなかった。

それから3ヶ月後の10月26日、山口組執行部が度肝を抜かれるような事件が発生したのである。

同日午後8時ごろ、大阪伊丹空港に向かっていたバンコク発マニラ経由のタイ国際航空620便エアバスA300型機が四国上空で爆発、圧力隔壁が破裂した状態で大阪伊丹空港に緊急着陸するという事件が発生した。この事故で乗客247名中107名が負傷した。

大阪府警が調べたところ、事故原因は機内左後部のトイレで米軍用手りゅう弾M26型が爆発したものと判明した。11月8日、同府警はトイレ内で手りゅう弾の安全ピンを抜いた山口組系三次団体の43歳の組員を逮捕した。この組員は、一和会との抗争で使用する武器をフィリピンで調達する役目を担当していたことが判明した。過去にも数回渡航し、大量の拳銃や手りゅう弾を山口組の過激で知られる直参組織に持ち込んでいることがわかったのである。

山口組は、社会全体から嵐のような批判を浴びた。

この事態を受けて宅見は、連日、岸本らと協議を重ねた。

「どこの系列の者かわかっちょるが、あほなことをしくさりおって」

宅見は苦々しげにいい捨てた。

「善後策を頭の耳にいれとかないかんな」

岸本が、苦しそうにいった。

「ますますシノギができにくうなりよりましたな。下の者の悲鳴が聞えてくるようや」

上の者はもうちっと考えなぁ、といって野上が言葉を切った。

一和会への対応策が喫緊《きっきん》の課題になったのである。

五代目取りをにらんだ一方的な抗争終結宣言

「ここで稲川会からの話を真剣に考えてみるのもひとつの解決法やと思うがのう」

岸本が、独り言のようにボソっと話す。

「そうかもしれんが……」

宅見が、苦しそうにいった。

稲川会からの話とは、今春、同会の石井隆匡会長から一和会との関係を正常化させるよう要請を受けていたことを指す。石井は、渡辺芳則の五代目組長昇進を強く支持していた。渡辺の親にあたる初代山健組組長の山本健一と兄弟分の関係にあったことを重視していたのである。石井と渡辺の関係は、宅見らの計画にも追い風であった。渡辺を若頭に担ぎ上げた時から彼を五代目にするという目標を宅見らは持っていたからである。

「関係正常化いうてもなぁ」

いまの山口組の現状を考えたら一和会との和解や手打ちなど口に出せることではなかった。

「この夏にもそれとなく抗争終結をうながされてるわけやしなぁ」

岸本がいった。

「いつまでも煮え切らない態度を取り続けるわけにもいかへんしな」

苦しそうな宅見の声だった。

「抗争打ち止めのええ方法はないもんかのう」

野上が、3人の胸中を代弁するようにいった。

組長と若頭のタマを取られている山口組側から和解を持ちかけたり、手打ちを働きかけることなどできようはずもない。極道はメンツを建前にして生きているのだから。

「前から考えていたことやが……」

宅見が口を開いた。

「こっちから一方的に抗争終結宣言を出すのは、どうやろか」

それに一和会側が応じてきようがきまいが、どうでもいいこと。山口組側が抗争に終止符を打つと宣言することが重要なことなのだ。絶対的な勢力差がある以上、一和会側からの手出しなどはたかがしれてるし、仮に抗争を仕掛けてくれれば世間の批判は一和会側に集中すると、宅見はつけ加える。

「ええなぁ。もし実現できれば頭の得点になるし……」

五代目組長争いが有利に展開できると、岸本は読む。

「これは和解案とちゃうわけやから組内の反対の声を抑えられるやろ」

野上が安堵の表情を浮かべる。

「本部長から頭に伝えてんか」

宅見がいった。

「よっしゃ、わしから明日にもあげておく」

岸本が明るい声を出した。

彼らは本部事務所を後にした。

その後、このプランは中西代行と渡辺若頭の間で話し合いが重ねられ、ほぼ原案通りの形で幹部会の了承を取りつけた。87年2月、山口組は一和会との抗争を終結する旨を兵庫県警と大阪府警に届け出た。これからやや遅れて一和会側でも抗争終結を宣言した。

小康状態に入った。

時折、双方の枝の組員同士のもめごとが起こっていたが、それはごく限られた局地的なもので、世間の耳目を引くような激しいものにはならずにすんでいた。ひとまず一和会との抗争にピリオドを打った宅見ら3人は、本腰を入れて五代目取りに動き出した。

当時、五代目候補と見られていたのは中西代行、渡辺芳則若頭、益田芳夫代行補佐の3人である。益田を推す声はごく一部に限られていたので、実質的な候補者は中西と渡辺のふたりとみられていた。

山口組の直参組長は87人である。

中西・渡辺体制発足時の色分けは、中西支持派と渡辺支持派がそれぞれ約3分の1ずつ。

残りの3分の1が中間・日和見派と兵庫県警はみていた。

それが変わっていた。

ざっと50人が中西を支持していることが宅見らの下調べで明らかになったのである。三代目時代からの直参というキャリアと温厚な人柄が多くの直参たちをひきつけていたのである。また、口にこそ出さないが、多くの直参たちの「山一戦争の再来はごめん」という意識がこのような票差になってあらわれたものとみられる。しかし、宅見らは、まだ、充分に巻き返しのチャンスがあると計算していた。山口組のトップには〝片手にチャカ、もう一方に数珠《じゅず》〟が必須条件だからである。渡辺には、それに加えて若さがあった。

しかし、懸念材料がないわけではなかった。四代目時代に直参になった組長たちは、心情的には竹中武組長に近い。この時点では抗争終結宣言に批判的な彼らの態度が読めなかった。宅見らは、明けても暮れても渡辺支持獲得に邁進《まいしん》した。

全面解決へ向けての交渉中に起きた暴挙

翌88年1月27日、新築がなった山口組本家で故・竹中正久組長の四回忌法要が、中西一男組長代行、渡辺芳則若頭をはじめ、竹中組竹中武組長ら直参40数名が出席してしめやかにおこなわれた。この法要の直前まで兵庫県警は、山口組執行部が四代目組葬を強行するのではないかと警戒していた。

　このように組葬問題が警察や世間の注目を浴びたのは、竹中四代目が暗殺されて丸3年もの間、空席になったままの山口組五代目を誰が継ぐかという重大問題と深くかかわってくるからである。兵庫県警の山口組担当者がわかりやすく解説する。

「極道の世界では先代の組葬の施主をつとめる者が跡を継ぐことになる。つまり、四代目の組葬の施主はとりもなおさず五代目になるわけやから注目されて当たり前なんや。もう3年も組長空白状態が続いているわけやから、直系組長たちも内心では早く五代目を決めてもらいたいと思っとるわけや」

　その注目の組葬がおこなわれなかったことは、五代目問題が混沌とした状態にあることを示唆していた。

　四回忌法要を終えて1ヶ月後の同年3月はじめ、「五代目は中西」と答えていた50人ほどの直参のうち明確に〝中西支持〟を打ち出している者は10人ほどになっていた。旗色をボカした約40人は宅見らの説得工作で、これまでのスタンスを中立にもどしてしまったものと組内では受け止められていた。

　口では極道の美学やしがらみを主張していても、〝メンツじゃメシは食えへんで。勝ち馬に乗らな〟という本音が優先する。それは山口組を出て一和会に走った組長たちの落ち目の姿から学び取った知恵でもある。

5月、宅見のもとに1本の電話が入った。一和会の加茂田重政理事長からだった。彼は、重い口調で極道の世界から足を洗う旨を告げ、松本勝美幹事長代行も引退を決断したと語った。続けて加茂田は、

「今の山口組で本音をいえるのは兄弟しかおらん。虫のいい頼みごとですまんが、組の者をひろって欲しいんや」

といった。

宅見は、

「わしの一存では決められんので、頭によおく話しておく。下の者には責任がないので、あんじょう考えてくれるやろ」

と、乾いた声でいった。

それから2週間後、一和会は、加茂田理事長の除籍と松本幹事長代行の絶縁を決定している。

この10日ばかり前になる同月14日、山口組執行部に激震が走った。竹中組組員が、一和会の山本広会長宅の警備についていた警官3名に向けて自動銃を連射、重傷を負わせたうえ、山本宅に投てき弾を撃ち込む事件を起こしたのである。前年2月に出した抗争終結宣言を押し破っての暴挙だけに、「あの岡山の山猿が……」と、平和的な解決を目指していた宅見らは激怒した。

神戸地検が殺人未遂容疑で起訴した竹中組内安東会組員（43歳）の冒頭陳述書で同事件の概略を説明する。なお、被疑者の実名は省略、年号は昭和である。

「63年2月に山本会長襲撃に失敗したあと同組員は、（所属している）安東会の会長に一和会本部の偵察および爆弾の製造などを命じられた。そのため同組員は過去にダイナマイトを作った経験のある友人を引き込み、雑貨店などから火薬にする花火、さらに威力を増加させる充填物、タイマーなどを購入した。

その後、安東会会長からダイナマイト、黒色火薬、導火線を受け取った同組員らは神戸市内のマンションで爆弾を製造する一方、京都府内の海水浴場、兵庫県下の山中で爆発実験を繰り返した。

そして、こうした実験の末、消火器爆弾2個、エアポンプ爆弾3個、サッカーボール型爆弾1個、ニップル管爆弾7個の計13個の爆弾を製造した。

さらに同組員は、同安東会会長からライフル1丁、機関短銃3丁、拳銃6丁、投てき弾2個、実包600発の供与を受け、その後、同会長らを含む5人は最終計画を練り、5月14日、完全武装のうえ山本会長宅へ向かった……」

同冒頭陳述書は、襲撃のくだりを次のように記している。

「（実行犯5人を乗せた車は）駐車中のパトカー右側後方から接近し、スコーピオン自動銃を運転席のO巡査につきつけて『こら、手を上げぇ』と怒鳴りつけたところ、同車内から『おまえら、どこへ行く』と怒鳴られ、同車内の警察官を殺害すべく、腰に構えた同自動銃を連射した（中略）。

このとき、被告人は山本会長方玄関前に移動した安東会会長から消火器爆弾をセットするようにいわれ、同所まで行き、5分後に爆発するようにタイマーをセットする作業をはじめたが、一方、安東会会長はまだ被告人らが防石ネットを切っていないのに小銃てき弾を山本会長方に向け発射したため、これが同会長方玄関前路上に落ちて爆発し、その破片で被告人および安東会会長が負傷した」

まさに周到な計画のもとに襲撃が実行されていたことがわかる。

山口組と一和会との抗争終結宣言は、これで白紙にもどったかに思われた。しかし、宅見らは最終的な決着を目指して一和会側と辛抱強く水面下で交渉を重ねていた。

一和会問題の全面的な解決が五代目取りの重要なポイントになるはずと確信していたからである。彼は東京と京都に足繁く通った。

暗殺までの15328日

第六章

辣腕若頭の誕生

形勢逆転の切り札となった〝密約〟

88年初夏。

宅見勝若頭補佐らは一和会問題の全面解決を目指して汗をかいていた。彼らは、山口組や一和会幹部と深い付き合いを持つ稲川会と会津小鉄会を巻き込み水面下で交渉を重ねていた。一和会側の交渉窓口は同会風紀委員長の松尾三郎である。

梅雨が明けるころには宅見と松尾の間で一定の合意が成立した。それは、「一和会の解散と山本会長の引退を同時に実行すること。これが確認できれば、以後、山本会長の命は山口組が保証する」というものだった。

一和会の内部は、解散派と徹底抗戦派とに割れていた。そんなところに竹中組による山本会長宅襲撃事件が重なったため、「山口組全体で決めたものでもないことを、いったい、誰が信用できる」と、山本自身がこの合意案を蹴ってしまったのである。このため、宅見は、稲川会や会津小鉄会の協力を得て、再度、一和会側と交渉を続けることになった。

一方、苦労してまとめあげた合意案をつぶされる結果になった松尾と彼に同調する一和会の有力11組織が夏のはじめに一和会を集団で脱会した。

宅見らが目指していた一和会問題の円満決着は逃してしまったが、これまでの努力によって一和会の戦力を大幅にそぐという副産物を手にすることができたのである。

山口組本部の応接室に岸本才三、宅見、野上哲男が顔をそろえていた。

宅見の顔には落胆の色が浮かんでいた。

「すべてご破算になったわけやないんやし、そう気落ちせんと……」

岸本がなぐさめる。

「それはそうやが……」

宅見が張りのない声を出した。

「山広かてあの案に色気があるからこそ東京や京都と、いまも話し合いをしてるんやろ」

コーヒーカップに手を伸ばしながら、野上がいう。

「多くの組長が脱落していったいま、一和の再建は無理やと山広は考えとるやろ」

岸本がいう。

「あの案以外に落としどころはないわな」

野上が応じる。

「東京や京都は、どないな見方をしちょるんや?」

岸本がたずねる。

野上が宅見を見つめる。

「岡山の動静を気にして決断でけんのやと、稲川会も会津小鉄会も同じことをいうとった」

岡山に本拠を置く竹中組の強硬姿勢が最大の懸念材料とみているのである。

「岡山のことは、こっちでなんとかするにしても、だからといって、そう簡単に山広は信用せんやろな」

岸本の意見である。

「たびたび自宅をやられてるさかいなぁ」

野上も同じ見方をする。

「山広の疑念を取り除くことが、なによりも大切なことや」

自分にいい聞かせるような宅見のいい方だった。

「交渉の仕方を変えてみるのも、ええんとちゃうやろか」

これまでの交渉形式は、山口組の考えを稲川会や会津小鉄会を通じて一和会側に伝え、一和会側の反応を稲川会などを通じて知らされるというものだった。それを今後の交渉では三者が一同にそろった場でおこなうようにしようというものである。この形式による話し合いで山口組側から出てくる言質は、いわば稲川会や会津小鉄会が手形の裏書人のようになって信用力が増す。しいては山本会長が抱えている疑心暗鬼を払拭することができるというものである。

「三者が同席のうえで話しおうたら向こうも確かに安心でけるやろな」

野上がいう。

「こんな形で進められんかのう」

岸本がいった。

「そやな、それが一番ええ方法やな」

宅見が同意した。

翌日から五代目取りの〝票集め〟を進める合間をぬうようにして宅見は、東京、京都へと足を運び、稲川会や会津小鉄会の幹部らと面談、さらなる協力を要請した。

山口組と一和会の抗争を契機に警察庁では暴力団への取り締まり体制を強化していた。このことが稲川会や会津小鉄会のシノギにも少なからぬ影響をあたえていた。こうしたことから両組織としても、一日も早く山一抗争が円満に終息することを願っていた。彼らは、宅見らの要請に快く応じた。

東京や京都のホテルを舞台に三者会談が断続的に開かれた。何度目かの会談で一和会側から新たな条件が持ち出された。山口組側が提案していたことのなかで、「山本会長の命は保障する」旨のくだりの部分を山口組幹部会の決定事項にするよう求めてきたのである。

この件について稲川会も会津小鉄会も当然の要求との受け止め方をしていた。宅見は、組に持ち帰って協議のうえで回答すると答えて本部に帰ってきた。

五代目取りをかけた渡辺・中西両派は、がっぷりと四つに組んだ状態で、双方の駆け引きは日増しに熱をおびていった。彼らは、中間派を招いては神戸・花隈界隈の料亭や大阪・キタの新地にある高級クラブで自派への協力取付けを要請していた。宅見は、東京や京都への出張の合間をぬうようにして中間派や非協力的な組長をゴルフ接待づけにもしている。

カネもばらまいた。

なんでもありなのである。

執行部に取り込むウラの作戦

同年暮れ、渡辺派にとってショッキングなことが立て続けに起こった。ベテラン組長たちがこぞって中西推挙の動きをみせたのである。彼らがまとまって中西代行の五代目擁立を決定すれば中立・日和見派が雪崩《なだれ》をうち、宅見らの目論見は頓挫する。もうひとつの難題は、中西派の嘉陽宗輝若頭補佐が竹中組の竹中武組長を若頭補佐に昇格させる動きをみせたことである。竹中を取り込むことで、彼のシンパを中西派に引き込もうと計算したと、多くの直参たちに受け止められている。

一和会問題が停滞していることもあって、宅見は、追いつめられた思いだった。

彼は切り札を出した。

五代目組長に就任したあかつきには、組の運営には5年間だけ口出しをせず、われわれ執行部に任せてほしいという要望を、野上を使者にして渡辺に伝えた。彼はこの申し出を快諾した。

この〝密約〟は、宅見らに大きな力をあたえた。まず、ベテラン組長たちの懐柔に利用した。

彼らの不安は、渡辺が五代目になると三代目田岡組長から盃を受けた自分たちは、組織の若返りを理由にして引退に追いやられるというものだった。宅見は、この不安に対して「渡辺若頭は、組長に就任した際には古参組長にしかるべきポジションについてもらい、大いに腕を振るってもらうつもりでいる」と、彼らの不安を払拭する懐柔策に出ている。

カネもばらまいたと噂されている。

一説によると、ひとりあたま1億円だという。「カネは生かしてつかうもの」という彼の持論から推測するに、金額はともかくとして、かなりの軍資金を使っていたと想像する。

渡辺の約束という口実は効果的だった。

古参組長たちによる中西擁立の動きは、時間の経過とともに沈静化していった。

竹中組長の若頭補佐昇格という中西派が投げた変化球は難物だった。なかなか対応策が見つからなかったのである。

この竹中問題は、根っこのところで一和会問題とも連動しているので、宅見は、慎重に解決策をさぐった。そこで考え出されたのが、渡辺派からも複数の若頭補佐の昇格候補を出す作戦である。弘道会の司忍会長、倉本組の倉本広文組長、黒誠会の前田和男会長らの名前が挙がっていた。

この作戦にはウラがある。

宅見たちにしても、本音を明かせば竹中の若頭就任には異存がない。いや、大歓迎なのである。彼を執行部に取り込んだうえで、一和会の解散・山本会長の引退との引き換えに命を保証するという渡辺若頭案を議決することに主眼があったのだ。執行部決議がなされれば、その一員である竹中の行動にブレーキをかけることができるはず、というのが宅見の策略だった。

しかし、竹中の若頭補佐昇格をすんなり承認すると、こちら側の腹のうちを読まれる心配があったため、このようなクセ球を打ち返したのである。知略家らしい宅見の作戦である。

89年1月26日の幹部会で中西派は竹中問題を提案した。渡辺派は司忍ら3組長の同時昇格を逆提案する。会議は紛糾《ふんきゅう》して結論は先送りされた。

渡辺派は多数派工作を活発化させた。

そのうえで五代目選びは直参による選挙で選ぶべしとする噂を流した。これに刺激されたような形で、何者かによってワープロ打ちの怪文書が全直参組長と稲川会など友好団体に向けてばらまかれた。

それは『任侠道新聞』と題した文書で、「若頭・渡辺、クーデター失敗に終わる」という見出しを掲げ、宅見と岸本を名指しで激しく非難しているものだ。選挙で決着をつけるとして多数派工作を続ける渡辺派の動きが癇《かん》にさわったようで、「クーデターにおよんだ背景は山口組を私物化する行為だ。直系組長のプライドすら金と策略で動かそうとした行為は組員全員の恨みを買うであろう」とか「渡辺を支持する少数のやからによって山口組綱領を無視するクーデターを強行し、山口組主流である中西組長を無視し、それればかりか四代目のレイダイ（霊代）竹中組長をも無視した暴挙……」などと口をきわめてののしっている。

宅見が主導する渡辺派は、混乱が拡大すると一和会問題や五代目問題に悪影響がおよぶとして司忍ら3名の若頭補佐昇格候補を白紙にもどした。

同年2月、竹中武組長は若頭補佐に昇格した。これによって彼は、執行部の一員としての責任を背負わされることになる。

「頭には明日予定どおり、山広に会うていただきます」

宅見は、稲川会と会津小鉄会をはさんだ一和会側との交渉をふたたび活発化させた。山本広会長の命の保証問題も幹部会で決定させる運びであることをすでに伝えていた。

3月に入ると一和会問題が動き出した。

山口組が求めている条件を受け入れる旨の回答が一和会側から届けられた。竹中組長の執行部入りがすぐさま効果をあらわしたのである。

宅見は、一和会側に対して同会の解散と山本会長の引退を文書にして提出するよう求めた。当初、一和会側は文書にすることを渋っていたが、会津小鉄会の懸命な説得で山口組側の要求を受け入れることになった。

同月15日、山本会長は和解の儀式をおこなうために上京した。

帝国ホテルのツインルームには、すでに稲川会と会津小鉄会の最高幹部、それに宅見が待機していた。山本は、辛抱強く仲介の労を取り続けてきたふたりの最高幹部に謝意を表し、宅見に向かって、「苦労をかけてしもうたな」と慰労した。

当日、山本は東京に滞在した。明日は京都で山口組の若頭と対面する予定になっていた。

宅見は帝国ホテルを辞すと、そのまま新幹線で神戸にもどった。

山口組本家の応接室には渡辺若頭、岸本本部長、野上組長らが宅見の帰りを首を長くして待っていた。

「ご苦労さんやった」

渡辺が労をねぎらった。

「頭には明日予定どおり、山広に会うていただきます」

その場で山本会長から一和会の解散、本人の引退確認書が渡辺若頭に直接手渡される運びになっていると、宅見は説明する。

「山広の様子はどうやった？」

渡辺が興味深そうな眼の色でたずねる。

「えらいフケましたなぁ。こっちにいたときのような威厳はありまへんでしたな」

「そうか、苦労したんやな」

しんみりとした声だった。

「ところで票の方は、どんな按配《あんばい》や」

野上に顔を向けながら宅見が聞く。

「こっちが35ほど、向こうが15というとこやな」

まだ40人前後が態度を明確にしていなかった。

今年の1月時点では中西派20人余、渡辺派20人、中間派40人ほどだったことからみるとかなり優勢になっていた。

「一和の件を組長会で報告すれば、こっちにぞろっと流れてくるわな」

自信たっぷりな口調で岸本がいう。

応接室に笑い声がひろがった。

「ちょっと、花隈でメシでも食おうや」

渡辺が誘った。

彼らは護衛の車を引き連れて繁華街に向かった。

翌16日午後。

滋賀県大津市内にある会津小鉄会会長・高山登久太郎宅で渡辺若頭は山本広会長と会い、確認書の受け渡しが予定通りにおこなわれた。席上、山本会長は「四代目にはすまんことをした」と、渡辺若頭に頭を下げた。そして、

「あとのことはよろしゅうに……」

と、力なくいった。

確認書の内容を幹部会、組長会できっちり了承を取るようにとの意味が言外に込められていた。渡辺若頭は、黙ったまま軽くうなずいた。

ふたりは高山会長に礼を述べた後、その場で別れた。渡辺若頭は、宅見を連れて山口組本家にもどった。

翌々日。

山口組本家に最高幹部が集まった。

中西代行、渡辺若頭、宅見若頭補佐らにまじって新しく最高幹部会入りをした竹中若頭補佐のベンツ・リムジンもあった。一和会に関する重要会議ということもあって、最高幹部はほぼ全員出席した。長い間病気で欠席していた木村茂夫若頭補佐の姿もあった。

最高幹部会は午後3時から開かれた。岸本本部長から一和会解散、山本広会長引退の経過説明があり、今後、同会長には手を出さないよう提案があった。

竹中組長が猛反発した。

渡辺若頭が山本会長と交渉したのはスタンドプレー、本来なら解散・引退の書状は中西代行に渡すべきもの。また、一和会のヒットマンに殺された竹中組、豪友会、南組に事前の相談がなかったのはおかしい、などといった理由を並べて、「提案には賛成できぬ」といった。4時間近くもすったもんだした挙句、何も決められぬまま同幹部会は解散した。

翌19日、一和会の山本会長は、兵庫・東灘署と一和会本部を管轄する大阪・生田署に解散届けを提出した。

宅見ら山口組執行部は、山本会長に四代目組長の仏前で謝罪させることを条件に、竹中組長に翻意をうながす工作を続けた。

3月23日、山口組は臨時組長会を開き、再度一和会問題を討議し、満場の拍手の中で完全決着を果たした。同会議中、竹中は一言も発言せず、腕を組んでうつむいていた。

「その提案には賛成でけんで」と、腹の中でつぶやいていた。

1週間後の30日、山本広は、稲川会本部長の稲川裕紘《こうべ》の付き添いで山口組本家を訪問、四代目組長の仏前で深々と頭をたれ、謝罪した。

若頭就任、五代目渡辺体制が発足

宅見は、代行補佐のポストにある舎弟たちの懐柔工作を活発化させていた。一和会解散、山広の引退を報告した18日の最高幹部会以降、渡辺支持派が全直参の8割に迫る勢いで勢力を拡張していたこともあって、彼は強気だった。

宅見は連日、個別に舎弟たちと面談し、いつまでも後継組長問題を先送りしていたのでは対外的にも山口組の混乱を印象づけて得策ではない、また、組員たちに最高幹部会の不統一による再度の組織分裂といった不安を抱かせるので、一日も早く定例会で五代目問題を協議できるように尽力して欲しいと訴えた。

この宅見の提言は長老たちの琴線に触れた。彼らは、定例会で議題にするよう努力すると約束した。彼らも山一分裂時の二の舞を恐れていたのである。

山広が仏前で謝罪をした3日前の3月27日、山口組本家で最高幹部会が開かれた。中西代行、渡辺若頭、3人の代行補佐、6人の若頭補佐が顔をそろえていた。席上、代行補佐から「直参の集まる定例会で懸案である後継組長問題を議題にして、それぞれに意見を出し合ってもらったら、どうか」と提案があった。

この提案を受けて多くの幹部がうなずいた。

宅見の思惑通りに進んだ。

定例会で直参たちに意見を聞くことは混乱をあおるだけだと、中西代行が反対した。そのうえで、「自分は立場上、組を一本にしていく責任を負っている」と、事実上の出馬宣言をした。

「わしも立たせていただきます」

渡辺が低い声で立候補宣言をした。

「あとは、ふたりでじっくりと話し合ってもらったらええがな」

古参の代行補佐が会議をまとめる発言をする。

出席者の間から同意を意味する拍手が起きた。

同日午後1時から定例会がはじまった。直系組長83人による全体会議である。

「皆さんにお知らせします。代行と頭のおふたりが、幹部会で五代目候補に名乗りをあげられました。今後、ふたりでじっくり話し合って決めたいとのことですので、少し時間をいただきたい」

岸本本部長から中西と渡辺が五代目組長に立候補したことが報告されると、本家2階の大広間に居並ぶ直系組長の間から、一瞬、どよめきがあがり、すぐ大きな拍手が起こった。

この定例会後も双方による多数派工作は続けられていたようで、「中立の直参5、6人が、代行を推すことを約束した」「代行派とみられていた直参が、若頭派の説得で鞍替えしよった」などという流言が、連日、飛びかっていた。

4月6日昼過ぎ。

山口組本家の駐車場に10数台の高級車が、ふたつの集団にわかれて入っていった。この日、中西代行と渡辺若頭の第1回会談が午後1時からおこなわれるのである。

中西は、駐車場の隅で宅見の顔を見つけると柔和な顔を向け、片手をズボンのポケットに突っ込んだ姿で歩み寄った。

宅見が軽く腰を折った。

中西は、宅見の耳元に顔を近づけると、

「近いうちに時間を作ってくれや、話がしたい」

と、早口でいった。

宅見がうなずいた。

中西は、何事もなかったかのように宅見から離れていった。

彼らは、これまでに五代目継承問題で何度も話し合いをしている。互いの立場を知りつくす間柄だったのである。

中西の真意は、山口組を割りたくないということの一点につきる。それでも後継者争いに立候補したのは、竹中武の立場と自分を支援する多くの直参たちの気持ちをおもんぱかったからである。彼らのメンツや将来が確保される保証があるなら、いつでも後継争いから降りる気持ちを固めていた。したがって、彼の立候補には、不適切な表現かもしれないが、一種の条件闘争の色彩があったのである。宅見は、このことを充分に承知していた。

中西・渡辺会談は午後1時からはじまった。

「ふたりで会っても、あんまり話すことはないだろう」と、地元紙の記者たちはみていたが、2時間近くがついやされている。兵庫県警の山口組担当捜査員も、「1回目の話し合いだから正直いって、こんなに長い時間がかかるとは思っていなかった。相当突っ込んだ話になったんだろうな」と読む。

このふたりだけでの話し合いの中心議題は、五代目決定を前提とした山口組としての今後のスケジュールについてであった。具体的にいうと四代目竹中正久組長の山口組本葬儀、五代目襲名式、襲名披露などである。すでに、彼らの間ではアウンの呼吸で、どちらが後継組長につくのかが決まっていたともいえる。

この巨頭会談の後、山口組本家の応接室で中西と宅見の話し合いがおこなわれている。

この時点で中西は、渡辺派が圧倒的な直系組長たちの支持を得ている事実を理解していた。したがって、彼の最大の関心事は、竹中武組長問題のあつかいと自分を支援している直参たちの処遇であった。宅見は、これまでの面談で彼の心情を充分に理解していたから、渡辺体制になっても山口組の団結を最大目標とし、中西支持勢力を排除するようなことはせず、相応のポジションで活躍してもらう考えであることを力説、竹中組長に対しては引き続き誠意を持って説得にあたることを訴えた。また、中西代行には新設する最高顧問のポストについてもらい渡辺組長のアドバイザーになってもらいたいと伝えた。そのうえで、宅見は、「以上のことを確約するので、後継者問題については、舎弟会の調停に任せて欲しい」と要請した。

彼は、中西のおかれている立場を考慮、自ら立候補を取り下げるという敗軍の将にするのをさけ、舎弟会の決定に従うという華のある形にしたのである。

中西は、宅見の意図を読んで彼の申し入れに同意した。このときの談判がきっかけになって、以後、中西は宅見の有力な支援者になっていく。

渡辺五代目に難色を示す竹中若頭補佐

第1回巨頭会談から10日後の4月16日、山口組本家で舎弟会が開かれた。舎弟というのは、故・竹中正久四代目組長と兄弟分の盃をかわした古参直系組長で、中西代行を筆頭に、代行補佐を含めて現在17人いる。

舎弟会は同日午後1時から小西音松代行補佐、伊豆健児代行補佐が議長、進行役の形で進められた。組長候補者のひとりである中西代行は出席せず、益田芳夫代行補佐は病気のため欠席していた。

13人の舎弟のうち、病気療養中の川崎護組長、現在拘留中の神田幸松組長を除く11人の舎弟が出席した。

進行役の伊豆健児から舎弟会としては五代目組長に渡辺若頭を推したいとの発議があり、その後、各舎弟が意見を述べ合った。一部の舎弟から「いささか若すぎるのでは……」と渡辺の年齢を気にする意見が出された。しかし、「頭は5千人の組員を擁する山健組を率いている男やで、47歳の年齢のどこが心配なんや。ちゃんと説明してくれや」などとする意見が圧倒的だった。意見が出尽くしたところで伊豆健児が、「それでは舎弟会として渡辺若頭を五代目組長に推挙したいと思います」と提案、各舎弟は拍手で賛意を示した。

同会議は1時間余で終了した。

各舎弟が三々五々、駐車場に姿を見せ、高級車に乗って帰途に着く。

午後3時過ぎ、大石組長が本家の応接室で待機している中西代行のもとへ使者として走り、舎弟会の決定を伝えた。中西は、「山口組100年の大計のために舎弟会の総意を受け入れる」と淡々とした様子で応じた。

この舎弟会の決定を受けて4月20日、緊急幹部会が山口組本家で開催された。

出席者は中西代行、渡辺若頭の両候補のほかに、小西代行補佐、伊豆代行補佐、木村茂夫若頭補佐、岸本才三本部長、嘉陽宗輝若頭補佐、宅見勝若頭補佐、竹中武若頭補佐の計9人。益田芳夫代行補佐は病気のため、桂木正夫若頭補佐は拘留中のために欠席していた。

席上、舎弟会が出した渡辺五代目案が約1時間に渡って討議された。中西を含む8人の最高幹部たちが賛意を表明したが、竹中だけが「跡目決定を急ぐ必要はない。まして数の力で押し切るものやない」と渡辺五代目に難色を示したため、最終決定は後日まで持ち越しとなって、この日の緊急幹部会は散会した。

最初に駐車場から飛び出してきたのは竹中の愛車である白のベンツ・リムジンである。その15分後に伊豆代行補佐が引き揚げ、会議終了から30分後に中西代行、宅見若頭補佐、岸本本部長、渡辺若頭が次々と駐車場に姿をあらわした。渡辺は、満面に笑みを浮かべ、傍らにいる宅見になにやらささやきかけている光景が印象的だった。

竹中若頭補佐は、渡辺若頭の組長継承について、「急ぐ必要はない」といういい方で賛意を示さなかったが、これは表向きの口実である。実際のところは一和会解散、山本会長の引退で抗争を終結させた渡辺・宅見ラインへの遺恨が底流にあると兵庫県警や大阪府警ではみている。だから、中西代行や岸本本部長が再三にわたって説得を試みたが、彼は首を縦には振らなかった。しかも、今後の最高幹部会や定例会にも参加を見合わせるとの動きをみせた。

宅見は、とっくにサジを投げていた。

警察庁は、全国の暴力団を封じ込めるために暴力団対策法（91年5月成立）の成立に向けて準備を急いでいた。このため、宅見ら幹部は弁護士を招いて同法に対する学習を進めていた。「こんな状況下で一和との抗争を続けるべきと考えるほうがどうかしている。世間を敵に回したら極道は生きていけない。岡山は、そのことがまったくわかってない」山口組を出るなら出てもかまわない、と宅見は考えていた。

一方、中西と岸本は、四代目組長の実弟ということもあって、竹中の繋ぎ止めに必死だった。「定例会はまだ四代目体制のなかやから出席だけはしてくれんと……」といって、直参が集まる組長会だけでも顔を出すようにと、うながした。竹中にとって反対する理由が見つからなかったためか、彼は、定例会への出席だけは同意した。

4月27日正午から最高幹部会が、午後1時からは定例会が開かれる。

竹中組が混乱の中、新生山口組がスタート

午前11時過ぎ、宅見が黒いベンツで到着した。彼は、田岡邸にちょっと顔を出し、その後、本家に入った。10分ほど遅れて渡辺若頭と嘉陽若頭補佐がベンツで到着した。高級車が次々と広大な駐車場に消えていく。

岸本本部長が田岡邸から隣にある本家に歩いていく姿が垣間見える。小西代行補佐の車を追うようにして竹中の乗る白のベンツ・リムジンが門前に姿を見せた。

「やっ、きたでぇ。これで定例会は大荒れになるなぁ」と門前にたむろする取材陣からど

よめきがあがった。

定刻通り幹部会がはじまった。

最初に中西代行が、五代目組長に渡辺若頭が決まるまでの経過を報告する。大きな拍手が起きた。次いで後継組長に推挙された渡辺若頭が立ちあがり、「幹部の皆さんの推挙を受けて五代目組長を私が襲名することとなりました。微力ながら山口組の更なる発展のために努力してまいる所存ですので、今後ともよろしくご指導ください」と挨拶した。

大きな拍手の中で渡辺が深々と頭を下げた。五代目組長が正式に決定した瞬間である。

この後、岸本本部長が今後のスケジュールを報告し、20分足らずで定例会は終了した。

午後1時30分、竹中の愛車リムジン・ベンツが一番先に駐車場から飛び出してきた。ちょっと間をあけてから直系組長たちの高級車が一斉に駐車場を出て行った。

午後2時45分頃、中西代行と嘉陽若頭補佐のふたりが帰途に着いた。同3時ジャスト、渡辺若頭と宅見若頭補佐、岸本本部長の3人が並んで本家から出てきた。いずれも柔和な表情をしている。

渡辺がベンツに乗り込む。その後ろ姿を宅見と岸本が感慨《かんがい》深げに見送った。

竹中組は混乱していた。

山口組執行部から期限を区切って、渡辺若頭の後継組長認めるか否かの決断を迫られていたからである。

さる4月20日の最高幹部会で渡辺若頭の五代目組長が内定した直後から、幹部会を開いて対応を協議していたが、新組長の誕生を認めるべきとするグループと、あくまでも筋を通すべきとするグループに割れて激しい応酬が続いていた。

5月10日午後2時に緊急幹部会が本家2階で開かれた。

竹中若頭補佐は姿を見せなかった。

この会議がおこなわれる少し前、渡辺、宅見、岸本の3人が、本家の隣りにある田岡邸で密談をしている。竹中への対応を協議したものと兵庫県警では受け止めている。

緊急幹部会は3時間におよんだ。渡辺新組長と直参たちとの間でおこなわれる親子盃の日程など、今後の組の諸行事について協議を重ねた。

5月17日。

この日、山口組は直系組長会を開いた。新執行部人事の決定などが予定されていた。通常の定例会に比べると直系組長の出足はよく、ほぼ全員が顔をそろえた。しかし、竹中武組長と彼に同調する3組長は顔を見せなかった。彼が最後に山口組本家に姿を見せたのは4月27日の定例会である。マスコミの間で噂になっている竹中の山口組脱退説がより現実味を増した。この日は、宅見勝の若頭就任が決まったが、新執行部を構成する若頭補佐の決定は竹中問題が流動的なことから後日に先延ばしされた。

翌18日には渡辺新組長と直参たちとの間で固めの盃事がおこなわれた。ほとんどの直系組長が列席したが、竹中組長らは姿をあらわさなかった。新組長との間の盃をボイコットしたわけである。

五代目に代替わりするのを機に何人かの組長が引退し、新しく4人の組長が直参に昇格した。この後も新直参の誕生が予定されている。

5月27日の定例会で宅見若頭から最高幹部の新人事が発表された。

この幹部人事の特色は一言でいうと、宅見をサポートする若頭補佐の若返りである。若頭の宅見を含め全員が昭和二ケタ世代なっている。新生山口組の幹部メンバーを紹介する。

組長　渡辺芳則
最高顧問　中西一男（中西組）
顧問　益田芳夫（益田組）
同　小西音松（小西一家）
同　伊豆健児（伊豆組）
舎弟頭　益田啓助（益田組）
舎弟頭補佐　石田章六（章友会）
同　大石誉夫（大石組）
同　西脇和美（西脇組）

総本部長　岸本才三（岸本組）
副本部長　野上哲男（吉川組）
若頭　　　宅見　勝（宅見組）
若頭補佐　英　五郎（英組）
同　　　　倉本広文（倉本組）
同　　　　瀧澤　孝（下垂一家）
同　　　　司　　忍（弘道会）
同　　　　前田和男（黒誠会）

五代目体制になって新しく直参に昇格したのは、5月18日に盃を受けた山川堅次郎組長、尾崎勝彦組長、川下弘組長、野崎圓組長のほかに、次の14人が6月5日の定例会で追加されている。渡辺五代目の出身母体である二代目山健組からは大量6名が昇格している。

桑田兼吉（二代目山健組若頭）
中野太郎（中野会会長）
松下靖男（松下組組長）
盛力健児（盛力会会長）

杉　秀夫（健心会会長）
松本敏久（松本組組長）

山健組以外では岸本組からは花川勝（副組長）、横浜の益田組からは浜尾将史（若頭）、小西一家からは堀義春（舎弟）、福嶋組からは中野保昭（若頭）、宅見組からは山下大介（舎弟頭）、伊豆組からは伊豆誠一（若頭）、真鍋組からは仲里正秋（若頭）、長谷組からは奥浦清司（舎弟頭）らが昇格した。

新生山口組は92人の直参組長でスタートを切った。

非情に徹した竹中組壊滅作戦

この6月5日の定例会は、四代目時代との決別を宣言する寄合いでもあった。会議の冒頭〝宅見執行部〟から「竹中組、森川組、牛尾組、森田唯組は、今後、五代目山口組とは一切関係がありませんので了解してください」との報告がなされた。新組長との盃を拒否し続ける竹中組など4組織が山口組から正式に脱退したのである。本家2

階の大広間を埋めた直参の間から大きなどよめきが起こった。予想されていたこととはいえ、いざ現実の問題になると多くの組長たちにとってはショックなことだったようだ。

6月25日、山口組は全国の極道組織に対して、竹中武組長ら4名とは一切関係がなくなった旨を内容とする文書を送付した。原文は次の通りである。

「元四代目山口組々員
二代目森川組々長　矢嶋長次
竹中組々長　竹中　武
森田唯組々長　森田唯友紀
二代目牛尾組々長　牛尾洋二
右記四名の者に就きまして今後、五代目山口組とは何等関係無き事を御通知申し上げます。

平成元年六月五日

五代目山口組
幹部一同」

この文書はハガキに印刷されただけの簡便な形式になっている。神戸市内にある組織には翌26日に到着している。山口組の下部組織にも送付されていた。

宅見が指揮をとる山口組の動きは素早いものだった。文書が送付されてから1週間そこそこの7月3日、岡山市内にある竹中武組長の自宅兼組事務所に拳銃2発が撃ち込まれる事件が発生した。

同日午後11時35分頃、竹中組事務所前に数人の男が乗った白のセダンがゆっくりと近づき、いきなり車窓から拳銃を乱射して走り去った。翌4日午後4時過ぎ、姫路市内の病院で診察を終えて帰ろうとしていた牛尾組組員が、後ろからつけてきた二人組の男に銃撃され、太ももを撃たれて重傷を負った。

それでも竹中組は沈黙していた。

反撃をすれば、それを口実にして宅見が指揮する山口組が全面戦争を仕掛けてくる懸念があったからだといわれている。

宅見は、竹中組とその同調組織に対して切り崩し工作を活発化させている。一和会の末路を見ている彼らには、菱の代紋を捨て切れない組員がかなりいるはずとの読みがあったからである。

宅見は、7月5日の定例会で「竹中組など4組織の組員を吸収してもよい」との通達を流した。すでに竹中組の下部組織からは離脱者が続出しており、同組は破門や絶縁状などを出す準備をしているとの情報を得ていたからである。

8月1日、宅見組は、竹中組の最高幹部だったふたりの組長を舎弟として迎え入れた。

「頭の動きは早いし、的確やなぁ」

多くの直参たちは、宅見の辣腕ぶりに舌を巻いた。

彼は、この時点で竹中組の壊滅を目論んでいる。組員が減れば収入も減る。収入が減れば組織力はかならず衰える。こうした読みがあったからこそ、宅見は非情に徹し切れたのであろう。

イエスかノーか、執拗な攻撃で追い込む

8月中旬、竹中組長と行動をともにしていた森田唯組の森田唯友紀組長が兵庫県警に自身の引退と組の解散を届け出た。同組の10数人の幹部は森田組長と一緒に堅気に、その他の組員たちは山口組に吸収されるものと兵庫県警ではみていた。

宅見は、追い込みの手をゆるめなかった。

山口組は、同月22日、姫路市内に本拠を置く竹中組系組織に対して、姫路競馬場のノミ行為から手を引くようにと通告をした。市内全域のパチンコ屋や飲食店でのミカジメ料の徴収も禁ずるという厳しいものだった。ノミ屋と野球賭博は竹中組の大きな資金源の柱である。これを奪われたのではシノギに重大な影響が出る。同日、竹中組サイドでは各組長が集まり、対応を協議した。結論は出なかった。

翌日、発砲事件がふたたび活発化する。

同月23日午後7時過ぎ、姫路市内にある竹中組系笹部組事務所に銃弾4発が撃ち込まれた。その30分後には竹中組の若頭をつとめる大西組事務所も銃撃を受ける。翌24日には姫路市内に本拠を置く牛尾組事務所に銃弾3発が打ち込まれる事件が発生した。自ら進んで復帰してこないならば、力ずくでも屈服させるという山口組の強い意思が覗く。

竹中組への攻撃はさらに続く。

同月25日未明、姫路市内にある竹中武組長の実兄にあたる竹中正同組相談役の自宅横の事務所に、三代目山健組内疋田組幹部が運転する大型ダンプカーが突っ込んだ。建物の一部が破壊され、ブロック塀が4メートルに渡ってメチャメチャになった。同事務所内には5人の組員が寝ていたが、幸いにも巻き添えをまぬがれた。

竹中組への攻撃はさらに続く。

同日午後7時過ぎ、三代目山健組の下部組織の幹部が、姫路市内の竹中組系林田組事務所に拳銃4発を撃ち込んだ。

同月27日には香川県高松市で発砲事件が発生した。竹中組系二代目西岡組事務所に銃弾が3発撃ち込まれたのである。翌28日には神戸・灘区内にある竹中組系一志会事務所が襲撃され、組員ひとりが右足に銃弾を受けて負傷した。

こうした山口組の執拗なまでの攻撃は竹中組系各組織を疲弊させた。姫路市内にある竹中組系組織のほとんどが、山口組最高幹部らの組織に吸収された。最後まで竹中組に残るのは竹中組長の子飼い組員100人ほどというのが当局の見解である。五代目渡辺組長の盃を蹴って山口組を飛び出してからわずか3ヶ月しか経っていない。

この辺が潮時と読んだのか、宅見若頭は、8月31日午後、竹中組長に対して引退を勧告するため倉本広文若頭補佐、前田和男若頭補佐、司忍若頭補佐を使者に立て交渉にあたらせた。

三人の使者は数10人の組員が待機する竹中組事務所で竹中武組長と対峙した。

「これからいうことは山口組執行部の総意やということで聞いて欲しい。竹中組長には引退していただく。竹中組は解散していただく……」

使者を代表する形で倉本若頭補佐が、こう切り出した。

竹中組長は、腕組みをしたまま黙している。

倉本が言葉を続ける。

「これらが決定できれば、組員は山口組が責任を持って引き取る。一和問題で服役中の組員についても山口組が面倒をみる」

「五代目と会うて話がしたいんやが……」

竹中が低い声でいった。

「それはでけんなぁ、無理や」

倉本が突っぱねた。

「こんな大事なことを当代と話もさせんと返事をせいというんか？」

竹中が眼をむいた。

「これは談合をする問題とはちゃうねん」

イエスかノーかの返答を山口組は求めているのである。

「返事は5日以内に欲しいんや」

倉本が事務的な口調でいった。

竹中は黙ったままだった。

伝えるべきことを伝え終わると3人の使者は立ちあがった。彼らは竹中組の事務所を出ると、20人ほどのボディガードに迎えられ、山口組総本部に向かった。

竹中組長に最後通牒《さいごつうちょう》を突きつけた後も山口組の攻撃は続いた。

同日、岡山県内に住む竹中組組員の自宅に拳銃3発が撃ち込まれ、9月3日には兵庫・加古川市内の竹中組系山本組の組長の自宅が拳銃で襲撃された。

66団体、約2000人のほとんどが竹中組から離脱

9月4日は山口組が指定した回答日である。

同日午後、倉本若頭補佐ら3名の使者が竹中組事務所を再訪した。

彼らは竹中組長に返答を求めた。

自分の組を解散する代わりに、四代目山口組組長の竹中正久が率いていた組を引き継ぐ形で、二代目竹中組として生きていきたい旨の代案を竹中武組長は出した。山口組サイドは、われわれが求めている回答になっていないとして、これを拒否した。会談はわずか数分で終了した。

山口組の使者が竹中組の事務所を出て1時間もしないうちに山口組の攻撃が再開された。岡山市内にある竹中組系貝崎組事務所に拳銃5発が撃ち込まれたのである。同じ日の午後9時過ぎには姫路市内の竹中正相談役宅北側で拳銃が乱射された。

9月6日午前9時過ぎには岡山市内の貝崎組事務所が入居するビルに拳銃5発が撃ち込まれた。2度目の災難である。

連日、竹中組の系列組織が狙われた。

彼らの竹中組離脱が止まらない。

竹中組長とともに五代目渡辺組長の盃を拒否した牛尾組の牛尾洋二組長が引退した。組員は山口組に吸収された。竹中組舎弟頭も引退した。66団体、約2000人の組員のほとんどが竹中組から去っていった。

9月21日、宅見組系下部組織の組員が竹中組長宅へタクシーで乗りつけ、警戒中の警察官の目の前で同組長宅に3発の銃弾を撃ち込んだ。23日には山口組舎弟頭補佐が率いる章友会の組員が竹中組長宅めがけて拳銃を発砲した。

10月6日、山口組系二代目熊本組の枝の組員がジープで竹中組長宅に突入をはかり、警戒中の警察官に阻止されると助手席の窓から組事務所玄関に向かって拳銃5発を乱射した。

山口組執行部は参加組織に対して竹中組への攻撃を自粛するよう伝えた。とくに竹中武組長や竹中正相談役に対する襲撃は手控えるように厳命していた。こうした措置のせいか、拳銃を使った攻撃は沈静化していった。

翌90年1月下旬、山口県柳井市内で新聞記事にもならないような小さな事件が起こった。同月24日未明、元一和会幹部の自宅に二人組の男が押し入り、2階で寝ていた妻に拳銃をつきつけて元幹部の居場所を聞き出そうとしたが、気丈な妻がかたくなに拒んだため、男たちは手荒なこともせずに逃走したという事件である。

この情報をキャッチした宅見若頭は激怒した。

この元幹部は、一和会元会長の山本広の信頼が厚い人物で、山一戦争の当時、たびたび山本が隠れ家として利用、引退後も近所のゴルフ場でプレーをしている事実を宅見は知っていた。

彼は、竹中組が元幹部から山本の潜伏先を聞き出そうとして押し入ったものと読んだ。

宅見の情報網はいたるところに張りめぐらされている。警察も例外ではない。日頃から情報のやり取りをしている警察と極道の関係は、男女の不倫関係のようなものである。その関係が表ざたになれば非常識として世間の非難を浴びるが、水面下にある限り、それは常識なのである。情報は最大の武器と思っている宅見は、そんな考え方で極道の世界を生きている。

宅見は、岡山県警が彼と同じとらえ方で、この事件を秘密裏に捜査していることを知ると、「竹中組は、いまだに山広のタマを狙っているのか」と顔面を紅潮させ、幹部会で報告した。そして、竹中組への対応は、各組織にまかせることにした。

2月27日から竹中組に対する山口組の攻撃が再開された。

連日のように竹中組員が銃撃され、死者や負傷者が続出した。これまでのカチコミ主体の攻撃からタマを取る作戦にエスカレートしていた。

竹中組長攻撃は、すさまじいものだった。

3月21日早朝、山口組舎弟頭補佐が率いる大石組組員が、運転席を鉄板で囲ったショベルカーで竹中武組長の自宅兼事務所に突入をはかる事件が発生した。自衛隊の特殊車両のように改造されたショベルカーは、建物の周囲にある電柱や駐車中の車両やパトカーと激しくぶつかりながら突進を続けたが、警戒中の岡山県警の機動隊員に取り押さえられ、大事には至らなかった。

さらに竹中攻撃は続いた。

4月8日未明、大石組系池田組幹部の運転する大型ショベルカーが竹中組事務所を急襲した。駐車中のパトカーを引きずるようにして破壊し、警察官詰め所のボックスをメチャメチャに壊し、民家のブロック塀をなぎ倒して同組事務所に突進をはかる。警戒中の警官が大型ショベルカーを取り囲んで運転席周辺に威嚇発砲を繰り返すが、防弾ガラスにさえぎられて効果がない。大型ショベルカーは、何度も事務所建物の壁に体当たりを繰り返し、破壊のかぎりをつくした。1時間後、運転席の組員は殺人未遂、器物損壊、公務執行妨害の容疑で逮捕された。

それから2ヶ月ほど後の6月18日、岡山県警は、さる1月下旬に発生した人妻に拳銃をつきつけて脅した事件で、竹中武組長を逮捕監禁罪と住居侵入罪の容疑で逮捕した。竹中は、関与を終始否認した。

同年8月、警察庁は竹中組の壊滅を記者発表した。

暗殺までの1532 8日

第七章

経済ヤクザ

抗争を有効利用して〝鉄の軍団〟を再建

五代目山口組の舵取りをする宅見勝若頭は、一和会問題や竹中問題で組織内のほころびを露呈してしまったことによるマイナス・イメージを払拭するためにも、対外的には超強硬路線を敷かざるをえなかった。

竹中問題の行方が混沌としていた89年9月7日、九州・長崎の長崎湊会会長が、宅見組系一誠会組員に銃撃され、全治3ヶ月の重傷を負う事件が勃発した。これをきっかけにして双方の間で発砲事件が頻発した。同月19日、宅見組は、系列組員98人を大阪空港から空路長崎へ送り込み、数の力で一気に相手方を押し込んでしまった。地場の極道相手にこれだけの組員を送り込んだ背景には、傷ついた代紋の復活を狙ったものとして、他団体や警察関係者を緊張させた。

抗争事件はさらに続く。

同年11月26日、山形市内で山口組系羽根組組員が極東関口一家佐藤会系川村組の幹部ふたりに射殺される事件が発生した。2日後に羽根組組員の密葬が山形市内の自宅でおこなわれた。山口組は、この葬儀に直参を含め全国各地から約900人の組員を参列させた。同市内は菱の代紋であふれかえった。宅見は数の論理で相手方に圧力をかける戦略をとったのである。

翌29日、山口組の報復攻撃がはじまった。

二人組の組員が山形市内にある川村組事務所に拳銃を撃ち込んだのである。

このカチコミから3日後の12月1日、山口組系山健組の幹部6人が秋田市内で拳銃10丁を所持している容疑で秋田県警に逮捕される事件があった。彼らが所持していた拳銃は、殺傷力の強いことで知られる中国製トカレフと米国製45口径拳銃である。秋田市内には川村組の上部団体である極東関口一家佐藤会の事務所があることから、山健組の狙いは一目瞭然だった。

翌日、火の粉は青森に飛んだ。

青森市内にある佐藤会系森田組事務所に、二人組の山口組系美尾組組員が大型トラックで乗り込み、拳銃9発を乱射した。翌3日にも佐藤会傘下の下部組織事務所でカチコミが起きた。

同日、東京・池袋の極東関口一家系睦会と斉藤組の事務所にもカチコミが発生した。同月5日には山形・鶴岡市内にある佐藤会傘下の組事務所、山形市内では川村組事務所にも拳銃が撃ち込まれた。

山口組の同時多発的な攻撃に対して極東関口一家では、傘下の真誠会など各組織から援軍50人を秋田市内の佐藤会本部事務所に送り込んだ。佐藤会では、山口組の攻撃に備えるために大型クレーン車を使って事務所2階の窓から何枚もの鉄板を運び入れ、各窓に張り付けて要塞を作り上げた。

9日には岐阜県下でも極東関口一家系の組織が襲撃され、2日後には山形市内で佐藤会系組員が銃撃されるなど、山口組の攻撃は一向に衰えを見せる気配がなかった。

攻撃の指揮をとる宅見若頭にとっては、バラバラになりかけた組織の一本化をはかるためにも、この抗争を有効に利用する必要があったのだろう。内部固めには外部に敵を作って強攻策をとるのが一番効果的であることを彼は熟知していたのである。

宅見は組織固めに自信を深めた。

三代目時代のような鉄の軍団に向かいはじめていることを実感していた。

同月14日、宅見は、直参100団体に対して山形抗争を終結するよう通達を出した。12月23日、山口組舎弟の五代目角定一家・木村茂夫総裁の仲介で極東関口一家と手打ちをおこなった。

90年1月、宅見若頭の力量をためすような事件が北の大地で勃発した。山口組直参組長が射殺される事件が起きたのである。

同月4日夕方、札幌・中央区北一条の交差点で赤信号のために停車していた山口組舎弟で初代誠友会の石間春夫総長が、後方からつけてきた2台の車に分乗していた二人組の男に拳銃を乱射され、全身に6発の銃弾を浴びて絶命した。

石間は、北海道に誕生した山口組最初の直参である。武闘派として知られる柳川組出身だけに、処女地に拠点をもうけた彼の存在は五代目山口組にとって勢力拡大のキーマン的存在だった。宅見は、竹中組長暗殺事件直後に直参となった彼を高く買っていたのである。それだけに宅見の怒りは尋常ではなかった。

彼は、傘下全組織に対して石間襲撃犯の割り出しを急がせた。

事件翌日、宅見は、空路で札幌入りをした。

彼の手には襲撃実行犯として、ふたりの男の顔写真入りリストが握られていた。

同月7日、宅見以下山口組関係者900人が参列して石間総長の葬儀が彼の郷里で営まれた。北海道警が、ふたりの襲撃犯を逮捕したのは同日午後である。発表によると右翼の維新天誅会の元幹部と元会員ということであった。

山口組の調べだと、ちょっと様子が違う。

このふたりは、維新天誅会の初代会長である稲田鉄雄が前年に同会を退き、広島の共政会系島上組と舎弟の盃をかわして稲田組を結成したときの同組員であることがわかっていた。

広島県警も山口組と同じ見方をとり、北海道警がふたりを逮捕した時点で山口組VS共政会の抗争を憂慮、広島市内にある共政会幹部宅や組事務所に厳重な警備体制を敷いた。

山口組の報復必至とみたのである。

共政会の動きは素早かった。

事件直後に同会の幹部が山口組に事情説明にうかがう一方、大阪から九州までの1府7県に拠点を持つ実力組長らの親睦団体である西日本二十日会所属10団体が連名で山口組に対して〝親書〟を送るなどして自重をうながしていた。

こうした動きのなか、宅見は苦慮していた。

とりあえず、傘下の各組織には待機命令を出し、連日のように本家で幹部会を開いて対応を協議した。

2月1日、西日本二十日会の使者が山口組本家に入った。

使者の口上は、2月2日付で共政会は石間総長を射殺した稲田組の稲田鉄雄組長を絶縁処分、その上部団体島上組の島上守男組長を破門処分と決定した旨を通知するものであった。

山口組執行部は、この口上を受け入れたが、和解に応じるか否かの態度は明らかにしなかった。和戦両様の構えを崩さなかったのである。

山口組が射殺事件後初めて報復攻撃に出たのは2月4日である。

同日午前2時過ぎ、札幌市中央区内にある稲田組所有のビルに初代誠友会の組員が運転する大型ショベルカーが突入した。この衝撃で1階から3階までのベランダが崩れ落ちたが、3階にある組事務所にいた稲田組組員に怪我はなかった。

8日後の12日早朝、ふたたび初代誠友会が前回同様、稲田組所有のビルをパワーショベルカー、タイヤショベルカー、乗用車の3台で突入した。さらに、この突入と時間を合わせるようにして、近くのビル屋上からライフル銃と散弾銃が3階の組事務所に向かって乱射された。

共政会が本拠を置く広島でも抗争の火の手がついにあがった。

2月17日午前4時過ぎ、共政会から破門されるまで島上組事務所が入居していた広島市中区内の4階建てビルが、走行中の乗用車から10数発の銃弾を浴びた。

この1週間後には広島市内のマンション近くにたむろしていた数人の島上組員に向かって乗用車を降り立った5人組の男がいきなり発砲、島上組組員ひとりが腹部を撃たれて重傷を負った。

さらに同月27日午後9時過ぎ、山口組系譲心会組員と初代誠友会組員が島上組事務所に向けて発砲した。

各地で報復攻撃がおこなわれているさなかの3月3日午後3時、山口組本家大広間で最高幹部会が開かれた。議題は共政会との和解問題である。

同問題について最高幹部会では2月はじめごろから協議が続けられてきた。当初は徹底攻撃を主張する武闘派の声が主流となっていたが、宅見は、各地でカチコミなどの報復攻撃をさせてガス抜きを続けてきた。その結果、1ヶ月ほどの時間は要したが、主戦派の声も徐々に軟化してきた。こうしたタイミングを見計らって宅見は、この日の最高幹部部会で〝条件なしの和解〟を提案、一気に可決させた。これまでの報復攻撃によって山口組のメンツは立ったと判断したわけだ。抗争は引き際が大切なのである。

この決定は、ただちに岸本総本部長から共政会側に伝えられた。

翌4日午前10時ごろ、共政会の沖本勲理事長ら4人の最高幹部が山口組本家を訪問した。彼らは、あらためて初代誠友会総長射殺事件への謝罪の意を伝えた。宅見ら山口組最高幹部らは、その謝罪を受け入れ、条件なしの和解が実現した。

八王子戦争終結後の首都圏進出

山口組と共政会との和解がなる半月ほど前の90年2月15日深夜、東京・八王子で宅見組の下部組織の幹部が二率会《にびき》幹部らに殺害されたことが発端になって両組織の間で抗争事件が勃発した。

抗争のきっかけは実に些細《ささい》なことである。

同月14日夜、八王子市内のスナックで酒を飲んでいた二率会系八王子一家西山組の幹部が、顔見知りの宅見組系幸田組の幹部と口論になった。翌15日午前1時ごろ、「話をつけよう」といって幸田組幹部らふたりが西山組事務所に押しかけてきたことから争いに発展した。同事務所内にいた西山組幹部ら3人は、ゴルフクラブや金づちで幸田組幹部らを殴打、さらに出刃包丁でふたりの腹部を刺して殺害した。

都内で活動する宅見組が反応した。

翌16日、宅見組の下部組織の組員が、二率会系八王子一家の総長宅が入居するビルに向かって拳銃を乱射したのである。

当時、都内に進出している山口組は、宅見組、三代目山健組、後藤組、小西一家、中野会などの系列組織がざっと30団体、３００人前後の組員が活動していたが、まだ、菱の代紋をかかげた事務所はなかった。山口組が本格的な東京進出を狙っていた時期なのである。

17日、惨殺された宅見組系組員の葬儀がおこなわれた。宅見若頭や倉本広文若頭補佐ら山口組最高幹部が顔をそろえた。下部組織の組員の葬儀にこれだけの大幹部が顔を見せるのは異例なことだった。二率会に対する山口組の示威行動と受け止められた。都内は一気に緊張した。

報復の火の手は北海道であがった。

同月20日午後1時ごろ、北海道・旭川市内の路上で二率会系篠田組の幹部がタクシーから降りたところを、山口組系初代関保連合会系の組長が至近距離から拳銃6発を発射して殺害した。

山口組による報復攻撃は東北から都内、広島へと広がった。わずか10日間ほどの間に20件の発砲事件が発生、死者が2名になった。

2月下旬、二率会が所属する親睦団体『関東二十日会』の代表が山口組本家を訪問、宅見若頭ら最高幹部らと抗争終結の話し合いが持たれた。徹底報復を求める声は大きなものだったが、宅見ら最高幹部は抗争終結を決断していた。これまでの報復攻撃で、山口組が〝鉄の軍団〟であることを誇示できたとの判断があったからである。

同月25日、山口組本家を二率会の宮本高三会長ら最高幹部が訪問した。応対にあたった宅見若頭に抗争の発端となった宅見組系組員の殺害をわびた。宅見は謝罪を受け入れた。10日間あまり続いた八王子戦争が終結した。

この抗争終結後、山口組は大挙して首都圏に進出をする。早くから東京に根をおろしている小西一家系掘政連合の大幹部が次のように証言する。

「八王子戦争以後、西から多くの組が東京に入ってきた。都内の一流ホテルの喫茶室には、おれたちと同じ代紋の人間がたくさんいた」と。宅見の目論見が的中したのである。

五代目山口組をあずかる宅見には休息する時間などなかった。肝臓に爆弾をかかえる彼は、土気色《つちけいろ》の顔に厳しい眼をぎょろつかせていた。中西最高顧問や岸本総本部長が、「頭、少し休みなはったら」と気遣いをみせるが、「大丈夫や」と、強がりの笑顔を浮かべるだけだった。

同年6月28日、また、宅見をわずらわせるような事件が勃発した。

同日午前2時過ぎ、山口組系弘道会の傘下組織の幹部が、ちょっとした行き違いから波谷組傘下組織の幹部に福岡市内で射殺されたことが抗争の発端である。

山口組の報復攻撃がはじまった。

同日午後11時ごろ、愛媛・宇和島市内にある波谷組系河田興業の組事務所に二人組が乱入し、拳銃を乱射して河田興業の組員に重傷を負わせた。ほぼ同時刻に大阪・東淀川にある波谷組系大日本正義団の本部長宅に銃弾5発が撃ち込まれる事件が発生した。

こうした連続的な報復攻撃のなかで山口組は大きな過ちを犯した。

29日午後9時過ぎ、抗争相手と間違えて自宅にいた民間人を射殺してしまったのである。かつて同所は波谷組幹部の自宅だったのである。

宅見は頭を抱えた。

同日中に傘下各団体へ一切の行動を中止するよう指示するとともに、祝い事をおこなうことも厳禁にする旨の通達を流した。その一方で彼は、山之内幸夫顧問弁護士を通じて被害者家族に1000万円の香典を届けさせた。家族側は、その受け取りを拒否した。

宅見が流した指示は、末端組員にまでは伝わらなかったとみえ、その後も各地で報復攻撃が頻発している。

7月2日未明、大阪市内のレストランで食事中の波谷組系平沢組の幹部が4人組の山口組系組員に拉致され、同市内のマンションに監禁されて「親分の居場所をはけ」と責められ続けた。それでもかたくなに拒否すると、同日午後11時ごろ、淀川河川敷に引きずり出され、腕と足を拳銃で撃ち抜かれて、その場に放置された。

波谷組は、まったく反撃をしなかった。

山口組の連続的な報復攻撃と経済封鎖によってシノギを止められたため、身動きが取れなくなっていたのである。

同年12月2日昼過ぎ、大阪・西成区内にある波谷組系大日本正義団本部事務所が、山口組系倉本組傘下の天道会組員によって銃撃された。この4日後の同月6日午後10時ごろ、この抗争の端緒をつくった波谷組系岩田組の組長が、神戸・中央区内にあるマンションの自室内で拳銃自殺しているのが発見された。

それから5日後の同月11日、波谷組の若頭など大幹部が引退や組の解散を表明した。これを取っ掛かりにして東西の大物組長たちが和解の仲介に動き出した。

同月27日、波谷組組長は、名古屋市内の弘道会本部事務所を訪れ、司忍若頭補佐に謝罪した。司は、その謝罪を条件なしで受け入れた。宅見若頭と事前にすり合わせていたシナリオどおりの解決だった。

数は力、共存時代への平和外交

91年に暴対法が成立した前後から山口組、稲川会、住吉会のビッグ3は、地方都市の独立組織を狙って系列化にしのぎを削っていた。それも暴対法が施行される頃には一段落を迎えた。

まだ、三大組織の系列化が本格的に進んでいないころ、極道社会全体に占める彼らの組織率は49%にすぎなかった。ところが、91年に入ると一挙に62%にもふくらみ、翌92年には65%と寡占化の様相が高まったのである。

山口組を引っ張る宅見若頭は、積極的に系列組織を増大させる戦略をとった。数は力だからである。山口組組員が極道業界全体に占める割合は、彼が凶弾に倒れる97年ごろには約40%に達していたと推計されている。ちなみに稲川会と住吉会は、それぞれ10数%ずつで、全体の70%以上が、このビッグ3に独占されている。

宅見は、こうした寡占化戦略を進める一方で有力組織との平和外交も積極的に進めている。無駄な抗争事件の発生を未然に防ぐ目的からであった。抗争事件は、組員の団結力を最高潮にまで高める効果がある反面、〝戦費〟が膨大なものになった。山一戦争の際の出費は10億円とも20億円ともいわれている。山口組のある直参が次のように証言する。

「やれいけ、それいけと表面的には派手やけど、出入り（抗争）はアシが出て、割にあわへんがな。ちょっとした出入りでも億単位のゼニがかかりまんのや……」

襲撃拠点とするアジトの設置費用、懲役に出た若衆の弁護費用や残された家族の生活費、それに犠牲者への見舞金などをひっくるめると、とてつもない金額になるのだという。まして一般市民を巻き添えにした場合など、使用者責任が問われて莫大な損害賠償金を支払わされることにもなる。さらに警察の厳しい目がそそがれるようになってシノギにも支障が出るのだそうである。もう、三代目、四代目時代のような力仕事で勢力を伸ばす時代は過ぎ、外交交渉によって住み分けをはかる共存の新時代を迎えているのである。そのことを宅見は正確にとらえていた。

四代目会津小鉄会、四代目共政会との〝三兄弟盃〟

彼は暴対法の施行以降、組織のトップ同士の食事会を仕掛けるなど、平和外交を展開してきている。たとえば、三代目旭琉会や会津小鉄会などとも絆を強めてきた。しかし、単にトップ同士が食事会やゴルフコンペで親睦を深めただけの表面的な関係ではシノギをめぐる下部組織同士のバッティングを未然に防ぐには限界があった。そんな反省から宅見は、トップ同士や最高幹部クラスによる兄弟盃をかわす必要性を感じるようになったのである。

いわゆる擬似血縁関係の構築である。

彼は積極的に行動した。

95年秋、彼は、90年7月に中野太郎中野会会長と一緒に若頭補佐に昇格した三代目山健組の桑田兼吉組長と広島に本拠を置く四代目共政会の沖本勳会長、そして、京都に本拠を置く四代目会津小鉄会の図越利次若頭との〝三兄弟盃〟を立案した。四代目共政会は中国地区最大の組織であり、京都に本拠を置く四代目会津小鉄会は、西日本では山口組に次ぐ勢力を有する。この縁組が実現すれば西日本地区から抗争事件が激減するはず、というのが宅見の計算だった。

彼は、このプランを中西最高顧問、岸本総本部長、野上副本部長にはかり賛同を得ると桑田兼吉の同意を取り付けたうえで最高幹部会に提案した。

山口組総本部の大広間に居並んだ最高幹部の口から驚きの声があがった。予想外の提案だったからである。

「この案を会津が飲むかいのう。あそことはゴタゴタ続きやし……」

古参の最高幹部がいった。

「山口組保守本流の山健組組長が相手で何が不足なんや」

別の最高幹部が反論する。

「ここは頭にまかせるのが一番ええんやないか」

新参の最高幹部のひとりがいった。

「そや、そや」

大きな拍手が起きた。

そうしたなかで中野太郎若頭補佐だけが、釈然としない顔つきだった。彼が率いる中野会と会津小鉄会はシノギの面でしょっちゅう衝突を繰り返していたからである。

「この話がまとまったら、京都から西は静かになるでぇ」

「出銭がかからんようになるなぁ」

「出入りがなくなるのはええこちゃさかい……」

そんな本音を話しながら、彼らは散会した。

シノギに集中して痛んだ組の財政を立て直したいという思いが強かった。

宅見は、この計画が警察サイドに漏れることを恐れていた。彼らに知られればつぶされることが目に見えているからであった。彼は、最高幹部会のメンバーに緘口令《かんこうれい》を敷いた。

翌日から宅見は行動を起こした。わざわざ東京のホテルで会津小鉄会や共政会の幹部と個別に面談を重ねた。情報漏えいを防ぐためであった。

反応は上々だった。

相手側もこの計画には乗り気だった。

3回目の会談で原則的な合意がなった。あとは盃事の期日や形式、場所など実務面のつめが残るだけだった。宅見は、以後の事務的な問題の話し合いは若頭補佐にまかせた。

96年1月末、若頭補佐たちの努力によって三兄弟盃を挙行することが正式に決まった。翌2月の直参組長会で、この計画が執行部から報告された。

同月18日午前10時過ぎから三団体による兄弟盃の儀式が山口組総本部大広間で執りおこなわれた。山口組からは渡辺五代目組長を筆頭に最高幹部全員が列席した。共政会側は沖本会長ら最高幹部10数人列席、会津小鉄会側は図越会長をはじめとする最高幹部が顔をそろえた。

まだ、全員が着席する前、図越会長と沖本は、宅見の姿を目にすると、つかつかと彼のもとに歩み寄り、

「頭、ご苦労やったな。こうしてめでたい日を迎えられて感謝しとる」

「ご苦労さんでした。頭、少し顔色がよくないが、体には気いつけて……」

などと、口々に慰労の言葉をかけていた。

三者による兄弟盃の儀式がはじまった。後見人は渡辺組長、取持人は宅見若頭である。儀式のあと祝宴が開かれ、午後1時前に山口組幹部たちが見送る中を共政会と会津小鉄会の幹部連が引き揚げていった。

稲川会・稲川裕紘三代目会長と兄弟分盃

宅見の〝盃外交〟工作は、まだ続いた。

彼は、渡辺組長と稲川会の稲川裕紘三代目会長との兄弟分盃を計画していた。それもどちらが格上というのではなく対等の貫目《かんめ》、いわゆる五分の盃を結ぼうというものであった。擬似血縁関係でなりたっている極道の社会では、親分子分の関係に次いで代紋違いの兄弟分の関係が重視される。それによって両組織間の風通しがよくなり、大きな抗争を未然に防ぐことができるからである。

この兄弟盃は、首都圏進出を着々と進める山口組にとって大きなメリットがあった。東の巨大組織の後ろ盾を得られるからである。

宅見は、中西最高顧問や岸本総本部長らの同意を取り付けると、最高幹部会にはかり同構想の実現に動き出した。

彼は頻繁に上京した。

稲川会の最高幹部らと都心のホテルで談合をかさねた。

その合間をぬうようにして、かかりつけの大学病院に短期入院、悪化し続ける肝臓病の治療に専念した。時折、東京に出ている娘と落ち合い、都内のホテルで紅茶を飲む機会も持った。

稲川会側の反応はよかった。

三代目会長の実父である稲川聖城総裁は山口組四代目と五代目の後見人である。そのうえに当代と山口組五代目が兄弟の縁を結べば両組織の関係は強固なものになる。ありていに言えば、その結果、首都圏での山口組の暴走にブレーキをかけることもできるとの読みもあった。

基本的な合意が成立したところで宅見は、稲川会三代目に会って挨拶を終えると、すぐさま帰阪した。以後の事務的なつめは若頭補佐たちにゆだねた。

同年9月26日午前、渡辺芳則組長は、宅見勝若頭、中西一男最高顧問、岸本才三総本部長、瀧澤孝若頭補佐らをともなって熱海市内の稲川会本家を訪問した。

渡辺組長と稲川会長の兄弟分の縁が固められたのは午後1時である。その後、ふたりは、稲川聖城総裁にことのあらましを報告した。稲川総裁は、目の前でふたりに握手をさせ、それを自分の両手の平で包み込んで祝福したという。

28日、山口組執行部は、直系120団体にふたりの縁組がなったことを通達した。

経済のプロフェッショナルと強力なブレーン

宅見勝の時代認識は、暴力や麻薬でシノギをする時代は終わった、というものである。オモテ企業の買収や合併を通じて合法的に利益を手にするというものだ。いうまでもないことだが、こうした彼の着想を裏打ちするのは暴力装置である。

宅見が福井組にいた時代から彼の企業舎弟として身近にいた後藤悟郎の証言によると、宅見は、まるで口癖のように、「これからの極道は税金を払う稼業をもたなければいけない」「日経新聞を読むぐらいの習慣をつけなければいけない」などと語っていたという。

二十歳前に和歌山市で体験した自活によって得た手練なのか、彼は、カタギに対してはカタギの対応ができる男だった。オモテのビジネス習慣を駆使して取引を進めることもできるし、にこやかに受け応えもする。相手の立場にも理解を示す。暴力団くささを微塵も感じさせないところが彼の身上であり、特長であろう。

宅見は実務のプロフェッショナルや経済に明るい企業舎弟と、彼らが経営するフロント企業を身近に置いた。企業舎弟というのは、暴力団が実質的に経営に関与しながら、表向きは合法的な形態をよそおっている企業の経営者のことである。取締当局によれば、企業舎弟は暴力団の構成員ではないということである。

企業舎弟の手口は、甘言《かんげん》や脅しをもちいて、関係を持った企業の手形を乱発させたり、会社資産を合法、あるいは合法をよそおいながら売却する方法が一般的である。当局によれば、山口組系フロント企業は全国で3000社、警視庁の調べでは都内に約100社あるという。

経済ヤクザとしての宅見の力を何倍にも増幅している原動力は、彼が抱えているプロ集団の働きであろう。

たとえば、検察と国税に強力なコネクションを持つ検察官あがりの辣腕弁護士・田中森一、合併前の住友銀行の磯田一郎元会長から絶大な信用を得ていた元イトマン常務の伊藤寿永光、同行頭取だった西川善文の懐刀である『川崎定徳』社長・佐藤茂の番頭格にあった『住宅信販』社長・桑原俊樹、投資家集団『誠備グループ』の加藤皓、部落開放同盟をバックにした税務経営相談団体『中企連』元幹部で税理士の大西省二、企業整理のプロである後藤悟郎、在日韓国人系金融機関に人脈を張る『アイワグループ』オーナーの種子田益夫、そして許永中らである。

宅見の強力なブレーンの一端を証言するのが企業舎弟の後藤悟郎だ。

「宅見さんの後ろ盾だった山健組組長の山本健一親分が医療刑務所に収監されていたのを釈放させたのは、宅見さんの働きかけで動いた真子弁護士ですよ」

真子伝次弁護士は戦前、東京地検特捜部に在籍、戦後になって防衛施設庁の幹部になった後、弁護士に転じた。宅見の依頼を受けた彼は、山本の釈放を要請するため検察内部に張りめぐらした人脈を使って大阪高検に圧力をかけ続けたといわれている。後藤によれば、真子弁護士の事務所には宅見専用の電話が設置されていたという。

こうした一騎当千のプロフェッショナルたちが宅見を支えていたのである。

宅見は、彼らを効率的に活用した。

戦後最大の経済スキャンダルといわれるイトマン事件では、土地や絵画に形を変えて約3000億円もの巨額資金が闇に消え、その3分の1にあたる1000億円が伊藤寿永光らの手を通じて山口組系組織を中心とする暴力団関係筋に流れたと捜査当局の関係者は指摘している。

このイトマン事件に登場する伊藤寿永光の役割こそが、まさしくエースと呼ばれるものであった。アンダーグラウンドの世界で使われる符牒のエースというのは、企業舎弟の後藤悟郎によれば、ウラ社会からオモテ社会に送り込まれた切り札役のことだという。エースとなった者は、身辺からウラ社会独特のにおいを消し、健全な経済人としてふるまう。イトマンに企画部長として入り込んだ伊藤は、優秀なオモテの人間として、当時、権勢をほしいままにしていた住銀の磯田一郎会長の懐深く飛び込み、夫人の買い物に同伴するほどまで同行トップの信頼を勝ち取るのである。

検察と国税に絶大な人脈を持つ田中森一は、辣腕弁護士の評判にたがわぬ切れ味をみせる。その好例が90年に大阪地検特捜部が摘発した税理士・大西省二の脱税請負事件である。

彼が税理士法違反で逮捕されたのは同年6月19日である。大西は、わずか2年間のうちに脱税工作依頼を約100件も請け負い、合計5億円の報酬を得る一方、税務署幹部らを高級クラブなどで連日にわたって供応した。さらに、大阪・東税務署の特別調査官と旭税務署の統括調査官に、合計2000万円以上の現金を渡していた容疑である。

新聞各紙は大がかりな事件に発展すると連日書きたてていたが、情勢は間もなく一変した。7月9日、大阪地検は、大西を税理士法違反だけで起訴、高級税務署職員への贈賄容疑や大西自身の脱税は立件せず、捜査を終結させた。

この検察決定のウラで動いたのが田中森一である。

彼は、国税局に対して汚職に手を染めた職員の処分の軽重までも指示し、その処分案を大阪地検に持ち込んで大西への法的処分について検察官と取引をした。検察側が大西を脱税で起訴した場合には、彼からカネを受け取ったり、高級クラブで供応を受けていた税務署幹部の名前をすべて公表すると圧力をかけたのである。田中森一は大阪地検サイドが、この事件に国税を巻き込むことに躊躇しているという内部情報をキャッチしたうえで攻勢をかけたのである。

当時、検察と国税の間には脱税額が5000万円以上は起訴という内部基準があった。大西の脱税額は少なく見積もっても1億数千万円にものぼっていた。告発、起訴ラインを大きく越えていたのである。

田中森一の圧力で脱税での起訴を断念した大阪地検側は、大西が得た報酬の半分を顧客からの借り入れと認定、国税職員への供応に使った1億円余を経費として認め、脱税額を5000万円以下に減らした。現場の検事たちは当初方針通りの起訴を主張したが、結局、検察上層部に押し切られた格好で、脱税での起訴を断念した。同年11月、大阪地裁は、大西に税理士法違反で懲役10ヶ月、執行猶予3年の判決をいい渡した。量刑の重い贈賄と脱税にはまったく触れられなかった。

この判決後、宅見は、田中森一の事務所に足を運び、

「先生、ほんとうにありがとうございました」

と、深々と腰を折り、礼を述べた。

このことがきっかけとなって、彼らの関係は深まっていくのである。

プロフェッショナルの話をもうひとつ紹介しよう。

自分たちは暴力団がおこなう経済行為のアドバイザーでもある、と前出の後藤悟郎はいう。彼の証言を続ける。

「暴力団がおこなう金融には貸し方に問題がある場合が多いから回収がとても難しい。彼らが自分たちで回収できないときなどにアドバイスしてやったり、ときには代理で回収を手伝ったりする。また、担保を取る作業や担保の処分をすることもあります。貸金の回収

や担保の処分などを直接、彼らがすると警察に立件されるケースが多いので、暴力団には手の出しにくい分野なのです。暴力団から回収を迫られた債権者が、『恐かった』と一言いえば事件になっちゃう時代ですから。とくに当局から目をつけられている山口組などの場合は、事件性がなくても事件になってしまうんです。そんなことを彼らもよくわかっているから、私たちを活用するんです。

私たちの仕事は、暴力団がおこなう経済行為のアドバイザーであったり、コンサルタントであったり、ときには共同事業者であったりするわけです。企業主側から暴力団との仲介を依頼されることだってあるんですよ」

オモテ社会への強い進出願望

宅見は、バブル期に地上げと株式投資で財をなした。

彼の名前が株式市場関係者の間で驚きと恐怖の入りまじった声でささやかれるようになったのは90年秋のことである。若頭になって1年後にあたる。綿紡績業界の名門企業クラボウの株式1500万株が天正興業に買い占められたときだ。

クラボウ株の買い占めをおこなった天正興業（大阪・西区）は、宅見組の幹部が設立したフロント企業である。同社は発行済み株式の5・5％をにぎり、クラボウの筆頭株主に躍り出たのである。この買い占めに要した資金は、当時の株価から計算すると、ざっと205億円前後である。この買い占め資金を融資したのは住友銀行であるというのが市場関係者の一致した見方であるが、同行は躍起になって否定した。しかし、宅見の人脈を見れば一目瞭然だ。住友銀行のウラ総務とジャーナリストから呼ばれている川崎定徳の佐藤茂社長を通じて巨額の融資を受けていたのは、まず間違いないだろう。宅見と佐藤の間をつなぐパイプ役は住宅信販社長の桑原芳樹である。

さて、その後、買い占められた株式は相対取引でクラボウ側に引き取られた。同社では、「天正興業が買い占めた値段よりも安い価格で全株式を買いもどした」と発表したが、この言葉を額面どおりに受け取る証券関係者はひとりもいない。

このような相対取引で買い占められた株式を引き取る場合、表面上の取引価格に謝礼としてプレミアムが上乗せされる。この種のプレミアムは、買い戻し額の10～20％が相場だといわれている。これをクラボウの場合に引き当てると、20億円から40億円ということになる。なにぶんにも買い占め相手が山口組若頭の関係する企業だけに、相場の数字でおさまったと見る向きは少ない。

これまでに明るみに出た宅見系の企業が、もうひとつある。株式会社『健芳』である。同社は92年1月に大阪・中央区内に設立された。代表取締役は宅見自身で、役員には宅見組幹部が顔をそろえる。現在、直参になっているほどの大物たちである。事業目的は、経営コンサルタント、有価証券売買、金融業、不動産の売買・仲介および賃貸管理。このほかの事業としては労働者派遣業、催事の企画・立案などである。同社は宅見が謀殺されるまでオモテの企業として営業を続けていた。

97年夏。

企業舎弟の後藤悟郎は横浜のホリディ・インの1階ティールームで宅見と面談をしている。彼は、そのときのことを次のように証言する。

「宅見さんは石橋産業と伊藤忠をつないでシベリアで資源開発をしてみたいといってましたよ。この件で瀬島龍三さんとも話し合いをしたとかいってました」

石橋産業は炭鉱で財をなした石橋健蔵が1941年に設立した会社である。建材、機材、原油、天然ガスなどの卸をする中堅商社で、株式を公開していないせいで知名度は物足りないが、その傘下には港湾土木に強みを持つ若築建設、濾過《ろか》材のトップメーカーである昭和化学工業などの上場企業を抱える。

宅見は、同社の経営者一族と許永中を仲立ちにして昵懇《じっこん》の関係にあった。また、伊藤忠の特別顧問の職にあった瀬島とも深いつながりがあった。

瀬島は、陸軍幼年学校、陸軍士官学校、陸軍大学校を卒業したバリバリの職業軍人である。終戦の年には関東軍参謀の地位にまで昇りつめた切れ者と評判の高い男である。

彼は長いシベリア抑留生活を終えて帰国すると、58年、参謀時代にみがきあげた明晰《めいせき》な頭脳に期待する伊藤忠から三顧の礼をもって迎え入れられた。彼は、4年後の62年、取締役業務本部長に就任、あとはトントン拍子で昇進し、副社長を経て78年に同取締役会長のポストについた。特別顧問に就任するのは87年である。

瀬島龍三は自分の人生を軍人時代、シベリア抑留時代、伊藤忠時代、政府臨調時代以降と4つに区切って、それぞれの時代に人脈作りをしている。それはまさにキラ星のごとき人材群である。第一線を退いて以降も彼のまわりには、いつのまにか各界の人士が集まり、〝瀬島機関〟とか〝瀬島学校〟と呼ばれる情報収集組織ができあがる。大げさに表現するなら宅見は、そのメンバーの一員だったのである。宅見勝と瀬島龍三を結びつけたのは右翼の巨頭である四元義隆である。

宅見と瀬島は性格的にもウマがあったようで、彼らはプライベートな付き合いも濃密だった。94年ごろ、宅見は肝臓病を悪化させた。一時、引退を真剣に考えたほど病状は重く、危険な状態だった。彼の身近なひとたちが入院治療先の病院探しに走った。しかし、どこの病院も宅見の受け入れを丁重に断った。

宅見引退という噂が極道の世界でささやかれだすのは、このころである。

山口組が揺れはじめた。

次期若頭のポストをうかがう有力組長たちが動き出したのである。病院探しにかけずりまわっている宅見の関係者は頭を抱えていた。

そんなところに助け舟を出したのが瀬島龍三である。彼は知人の支援を受けて宅見の入院治療先として都心の大学病院を確保したのである。

このしばらく後、瀬島は、ごく私的なスキャンダルで激しい攻撃にさらされた。彼を揺さぶっていたのは、山口組系生島組の大幹部とダイヤモンド社の元社長らである。彼らの背後には中野会が存在するといわれていた。彼らの目的は伊藤忠にからむ利権である。

この瀬島攻撃の話を聞きつけた宅見は怒った。もとはといえば、このスキャンダルの芽をつくったのは宅見自身である。瀬島の求めに応じて段取りを整えただけなのだが、責任を強く感じていた。宅見は、攻撃を仕掛けてきた連中と話をつけ、瀬島の名誉を守ると同時に自分自身の復権を組内に強く印象づけた。

彼らは、そんな関係なのである。

気心の知れた企業舎弟を相手に語ったシベリアでの石油資源開発構想は、たとえ、それが机上の空論であろうとも、宅見がオモテ社会への進出を強く願望していた証左とみてよいのではないだろうか。

中野会長とのぎくしゃくした関係

渡辺芳則が山口組五代目組長に就任してから丸8年を迎えようとしていたが、宅見若頭は相変わらず組織運営の実権を握ったままだった。渡辺を五代目に担ぎあげる際に、野上哲男副本部長を使者に立てて「5年間は組運営の実権を執行部に任せること」とする密約が渡辺との間に成立したが、それが反古《ほご》にされかけていた。五代目組長の出身母体である山健組系列の直参や若頭補佐から宅見に対する不満や批判の感情が組織内に澱《おり》のようにたまっていった。その鬱積した不満のマグマの中心にいたのが山健組内では渡辺の先輩格にあたる中野会会長の中野太郎である。

こんな内部事情を知ってか知らずか、宅見は、病状の進行が加速するのに正比例するように若頭ポストへの執着心を燃え立たせるようになっていった。

宅見は、山健組出身者が山口組内で突出することを危惧していた。そのことを証明する資料がある。99年4月9日に神戸地検が岸本才三総本部長から録取した検事調書である。その一部を要約して紹介する。

「四代目のときに山健組を出身母体とする執行部の幹部は渡辺組長だけだったのですが、渡辺五代目になりましてから、山健組から桑田組長が若頭補佐に、それに中野会会長の中野が若頭補佐についたのです。

宅見若頭は、渡辺組長の出身母体であります山健組から桑田および中野が若頭補佐につきましたので、（これでは）山健組が山口組の主流になってしまうという思いは強かったはずであり、そのことは、われわれも感ずるところであります」

宅見は山健組の肥大化を懸念していた。

直参組長への昇格人事ひとつとっても、山健組の意向が大きく左右したし、幹部昇格人事ともなると、同組の考えを斟酌《しんしゃく》しないと決められないような空気が山口組には満ちていたからである。宅見は、山口組イコール山健組になることへの強い危惧を抱いていたのである。

そこで考え出されたのが山口組改革プランである。

彼は、一定年齢以上の役員は総辞職をして、三代目時代にあった『山老会』のような組織を作って、宅見以下適齢者全員を同会へ移し、執行部は若手の有力な直系組長にまかせる組織にあらためようと考えていた。

この改革案に強く反対したのが中野会長を中心とするグループである。中野会副会長の弘田憲二は、著名なジャーナリストのインタビューの中で、次のように答えている。

「本家親分とうちの会長は切っても切れん絆があるんや。これをおもしろくない宅見以下執行部の連中が、本家親分をのけて新しい体制を作ろうと画策した。執行部から相談を受けた（中野太郎）会長は、あほ、ぬかすな。親分あってのわしらやろ、と取り合わんかった。それで、本家親分にこのことをバラされるのを恐れた連中が……（後略）」

真偽のほどはわからないが、弘田組の幹部は、この新体制問題で「執行部の人間がクルマにカネを積んで、中野会長のところに協力依頼にきたが追い返した……」と、私に語っている。

宅見と中野の関係がぎくしゃくしたものになっていく原因のひとつが、この改革案にあったことは想像に難くない。

前出の岸本供述書は、宅見・中野関係へと話が展開する。

「宅見若頭としては、できれば死ぬまで頭（若頭の意・筆者注）としてまっとうしたいと思っておられたわけで、それに対し渡辺組長の信望を得ているという態度をとる中野については舵取りが難しいという思いをしていたと思います。

人間的にもふたりが反目していたのは表に出ており、私も感じておりましたし、若頭のいうことを補佐の中野会長は、あまり聞かなかったのではないかと思います……」

宅見・中野関係の話は続く。

「若頭と中野会長との不信の接点というのはいろいろあったと思いますが、新聞や週刊誌報道でいわれていますように、平成8年7月10日、京都府八幡市内で中野会長が散髪中、会津小鉄の組員により拳銃で襲撃されるという事件が発生しました。

その事件は、会津小鉄と山口組は和解したのですが、襲撃されました中野会長としましては和解することに不満であり、この和解につくしましたのが宅見若頭で、若頭に対するそれまでの反目から、若頭に対しさらに不満の念が強くなったのかもしれません。また中野会長は、宅見若頭が会津小鉄を裏から糸を引いて中野会長を襲撃させたと思い込んだのかもしれません。会津小鉄と山口組の和解は、宅見若頭と古川若頭補佐が山口組のいわば公使として会津小鉄と交渉し、和解したのですが、現実に拳銃で襲撃された中野会会長としては、この和解の〝オチ〟といいますか、〝シメ〟が不満だったかもしれません。

この和解は、会津小鉄の図越利次が指を落とすということで表向き決着しました。慰謝料も出たという話もありますが、私は知りません。

それで、中野会長としましては、会津小鉄の若頭の指1本ではという不満があり、この和解を担当したのが宅見若頭でありますから、これまでの因縁から若頭に対し憤懣の念をさらに抱いたかもしれません。

また、若頭はやり手であり、経済力は抜群でありました。この経済面、わかりやすくいえばシノギといいますが、この経済面のほうで中野会長といさかいがあったかもしれませんが、今回の事件の理由につきましては、はっきりしないというのが実情です……」

次は99年4月10日に神戸地検で録取された野上哲男副本部長の供述調書を紹介しよう。原文の一部を私の責任で要約している。

「宅見若頭と中野は、当初から確執していたわけではなく、はじめのころは仲がよかったのです。

頭（というポスト）は、いろんなことで幹部の頭補佐を使うのですが、宅見若頭は中野を重用し、よく使っていたのです。

ところが、ある時期ごろから全然使わなくなり、ふたりは反目し、確執が生じていったのです。何が原因であるのかわかりませんが、宅見若頭が中野の人間性、態度を見て次第に中野と疎遠になり、確執が生じていったものと思います。

中野が、ヤクザとして、また山口組幹部として、やってはならないことをやるのです。破門は、その所属した組から破門されるのですが、他の組はその破門された組員をひろってはならないというのは、ヤクザ社会の常識といいますか習慣であります。

それに中野は、その出身母体が五代目山口組組長と同じく山健組であり、（渡辺）組長の側近中の側近という態度をとっておりました。

たしかに（渡辺）組長は中野を信望しておりましたので、中野はそれをカサに増長した態度をとっていたのです。他方、宅見若頭は、ガンをわずらっておりましたが、本音は死ぬまで山口組若頭としてまっとうしたいという気持ちが強かったのです……」

のである。

生島久次射殺事件をめぐる双方の思惑

宅見暗殺事件が起こるほぼ1年前の96年夏、宅見若頭と中野会長との関係を決定づけるような事件が起きた。許永中のごく身近な人物が、白昼、大都会のど真ん中で射殺されたのである。

殺害されたのは、元山口組系生島組組長で、『日本不動産地所』相談役の生島久次である。同年8月26日午後4時過ぎ、大阪・梅田の大阪駅前第三ビル北正面玄関先に生島が乗用車から降り立った。そのとき、御堂筋側から近づいてきた山健組傘下の侠友会若頭補佐と同組員が、至近距離から生島に銃弾6発を浴びせた。襲撃犯は、路上にひっくり返った生島に向けて、止めを刺すようにさらに2発の銃弾を撃ち込んだ。ほぼ即死だった。

生島久次は1984年に極道の世界から足を洗い、86年、宅地開発、貸金業を目的とする日本不動産地所を設立した。折からのバブル景気に乗って事業は順調に発展し、彼の資金力は2000億円にもなっていた。彼は、この資金力をバックに金融業を拡大していった。

この襲撃事件の要因は、彼の豊富な資金力が関係している。事件直前の同社の当期利益は2億4500万円、貸付金は56億円計上されている。

彼は、主として山口組系の組長クラスを相手に融資をおこなっていた。とくに山健組系列の組長たちへの貸付は、山口組執行部内でも問題になっていたほどである。生島の取り立てがあまりにも厳しかったからである。

この生島久次と中野太郎会長は、実に親密な関係にあった。

生島は、襲撃された当時、中野会の相談役についていたという話がある。前出の企業舎弟・後藤悟郎は、次のように証言する。

「サージ（生島の愛称）が、射殺されるちょっと前のことです。東京・虎ノ門にある知人の弁護士事務所で、彼と偶然に顔を合わせました。

いろいろ世間話をしたあとで、社長、中野会の相談役になったっていう噂があるけど、またどうして（ヤクザの世界に）もどっちゃうの。社長はカタギの世界で大成功しているのに、と私がたずねると、いや、いや、いろいろあってね。これからも、よろしくねって笑顔でいってました」

すでに中野会に加わっていたのかどうか、野上副本部長との雑談の中で、私は、それとなくたずねてみたことがある。その際、彼は、

「いや、まだ、入っていないはずだ」

と、いった。

これらの証言から推測できることは、生島が中野会に加盟することは、すでに時間の問題になっていたということではなかろうか。

中野会と生島の行動を見ていると、彼らは、すでに一体となっていることがわかる。

山健組系列の組長クラスへの貸金取立ては、かなり厳しいものであったと前述したが、生島のバックには常に中野会がひかえていたからだといわれている。前出の後藤悟郎が証言する。

「あまりの厳しい取り立てに悲鳴をあげた組長たちの中には、宅見さんに泣きついて仲裁を願い出る者もいたんです。サージ（生島の意）はカタギになる前にも山口組をひっかきまわすなどの前歴があるんです。組を預かる者からすると、また性懲りもなく、となるわけですね。

あまりにも彼に泣かされている組長が続出するもんですから、宅見さんとしても放っておけなくなり、中野会に対して、一方に偏った肩入れは慎むようにと激しい口調で申し入れをしたほどなんです。まあ、中野会としては、おもしろくなかったでしょうね……」

中野会と生島久治が手を組むことは、双方にとって特段の利益がある。生島には強力な暴力装置がバックにつくことで、約８００億円あるといわれる貸付金の回収が効果的におこなえるメリットがある。他方、中野会にとっては、生島の豊富な資金力を傘下に置くことができるのだから、宅見が、中野会と生島久治の関係に厳しい目を向けていたのもうなづけるというものである。

生島射殺事件が発生した当時、強大な軍事力を抱える中野会に対して、さらに巨大な経済力を持つことに不安を感じるグループの意思が実行犯たちに働いていると噂された。

この事件から数ヶ月後、中野会若頭補佐の吉野和利（壱州会会長）は、宅見暗殺チームの編成に着手する。

暗殺までの15328日

終章 凶弾

向けられたヒットマンの銃口、迫りくる運命の瞬間

宅見暗殺チームの4人は、現場指揮者の財津晴敏（財津組組長）を先頭にしてエスカレーターで4階にあがった。

すぐ左手は自動ドアである。

財津はその手前で立ち止まると、奥のほうを丁寧に見回した。

彼の顔の動きが止まった。

財津は右奥に目をこらしていた。

彼はその方向を指差しながら、

「あそこに座っているヤツがボディガードや思う。たぶん、あいつらや」

と、小声でいった。

ヒットマンたちが、財津の指差す方向に目をやった。

そこは広々としたロビーになっていた。その中央付近にソファーが並べられていた。

数人の極道風の男たちが独占している。

「ボディガードや、間違いない」

財津が断定的にいった。続けて、

「あいつらがおるということは、この辺に宅見もおるというこっちゃ」

と、いった。

少し間をおいてから財津はエスカレーターで2階に降りた。ヒットマンたちが続いた。

エスカレーターの降り口の右手にガラスドアがある。そこを出たあたりで、

「おまえらは、ここで待っとけ。宅見を探してくる……」

というなり、鳥屋原精輝（加藤総業）だけを連れて、ふたたびエスカレーターに乗った。

中保喜代春（神戸総業）、吉田武（至龍会）、川崎英樹（誠和会）の3人は、その場で待機した。ここは、ガラス張りの渡り廊下のようなところで丸太の手すりがある。外の様子がよく見えた。

待機して5分が経った。

突然、川崎が、

「上や、行こか……」

というなり、エスカレーターの方に歩き出した。

彼の立っていた渡り廊下の西側は吹き抜けになっている。その吹き抜け部を通して財津が上の階から手招きしている姿に、川崎が気づいたのである。

「ついに、くるべきときがきたか、しゃあないな」

そんなことをつぶやきながら中保が川崎の後ろに続き、遅れて吉田がついてきた。

エスカレーターが登りきった3階の踊り場あたりに財津と鳥屋原が立っていた。

全員が顔をそろえた。

財津がひとりひとりの顔をじっと見つめた。彼はひと息おくと、

「宅見は上の喫茶店におる。一緒にヒゲが座っとるが、撃たんでええ」

と、最後の命令をくだした。

ヒゲというのは、山口組最高幹部のひとりである総本部長の岸本才三のことである。

「宅見だけを狙って撃て。ほかの者は撃たんでええが、反撃してきたら撃ってまえ」

財津は、念を押すような口調でいった。

この指示を出した後、財津は、3階から4階に登るエスカレーターに乗った。その後をヒットマンたちが従った。

彼らが中央区島之内の襲撃アジトを出たのは午前6時である。この間、何度も襲撃計画が変更された。その都度、極限の緊張とその緩和とを繰り返し続けてきたせいで、彼らの精神的な疲労は頂点にあった。

それでも生きて逃げ帰ることだけを真剣に思いつめていた。「ここまできたんやから、やるしかないんや。やることをやったら、そのまま逃げてしまおう」と。

財津と4人のヒットマンは4階のフロアに立った。

財津が南方向を指差しながら、

「あそこの一番奥に座ってるやっちゃ」

と、小声でいった。

ヒットマンたちが、いわれた方向に顔を向けた。

そこはティーラウンジだった。

このティーラウンジ『パサージュ』は規模の大きな喫茶室だった。店内には22のボックス席が縦4列に並んでいる。

店内には大勢の客の姿があった。

財津は、鳥屋原と並んで立っていた。

彼は、身長160センチの小柄な鳥屋原の肩に左手をかけながら、右手でパサージュの奥を指差し、小声で話しかける。

宅見若頭を襲撃する時の具体的な方法を指示したのである。

鳥屋原は、黙ってうなずいた。

彼は、意を決したようにポケットのふくらみに軽く手をあてると、サングラスをかけ深く息を吐いた。

財津は、中保ら3人に顔を向けると、

「おまえたちは援護してやれ」

と、短く指示した。

鳥屋原は、無言でグループの輪から離れ、パサージュに向かって歩き出した。小柄な体をうつむき加減にしていた。

川崎が続いた。

身長170センチの細身の体を折るようにして歩きだした。

ふたりは、振り返りもせずに進んだ。

パサージュ内にいる宅見の位置を確認していない中保としては、鳥屋原らに遅れをとると襲撃の機会を失う危険があった。

「行こか」

彼は、吉田に声をかけた。

中保は、足早に鳥屋原を追った。

前方を行く彼の背中だけを凝視して歩いた。

すぐ前を行く川崎の足が重かった。

中保は、川崎を追い越した。

先頭を歩く鳥屋原との距離は、ざっと10メートルである。

彼は、歩調を変えずに歩き続けていた。獲物を狙うチーターのようだった。

鳥屋原は、エスカレーターの踊り場から自動ドアを抜けて、正面にある吹き抜けの左側回廊を通ってパサージュに向かっていた。

彼は足早に歩き続けていた。

まるで得体の知れぬ何かに取りつかれているようだった。

中保は、歩速を早め鳥屋原を追った。

パサージュまでの距離は10メートルを切っていた。

暗殺前夜の中野会の異様な雰囲気

同店内の奥のテーブルでは宅見若頭、岸本総本部長、野上副本部長の3人が談笑している。

「頭が医者からお墨付きをもらえたと聞いて、ほんま、安心しましたわ」

岸本がいった。

「これで山口組も安泰や、ええこっちゃ」

野上が続けた。

「いや、そう手放しで安心もでけん。早いうちに若手のバリバリを育てあげんとな」

宅見が応じた。

彼らの間で後継若頭候補の名前がいくつか挙がった。直系組長たちの信望を集めている者のなかで、中野会会長の中野太郎の名前があった。

「あれの動きはおかしい。よからぬことを考えているんじゃないやろか」

「何かあるんか？」

宅見がたずねた。

ふたりの最高幹部は、前出の供述調書のなかで、前夜の勉強会の場で中野会に不穏な空気がみられたと語っている。

当夜、大阪市内の梅新イーストホテルで山口組幹部らによる法律勉強会が弁護士をまねいておこなわれていたことは、すでに詳述した通りである。この夜、暗殺チームの指揮者である中野会若頭補佐の吉野和利（壱州会会長）の指示でヒットマンたちが宅見をつけ狙うが、中野会長が同席していることが判明して、急遽、計画が中止になったときのことである。野上供述調書は、次のように語っている。

「8月27日の勉強会には山口組幹部13名のうち11名が出席しております。中野会会長の中野太郎も出席しているのです。

先程、中野会の動きが腑に落ちなかったと申しましたが、中野太郎の行動がおかしいというのではなく、この勉強会のあったホテルに中野会の若い者が10名ぐらいきていたことです。なぜ、こういう勉強会に若い者を10名ほども連れてくるのか腑に落ちなかったのです。現在では、山口組幹部が行動するとき、若い者をこんなに連れて行くということはありえません。それに中野会若頭の山下重夫が憮然《ぶぜん》とした態度であったことが、私には強く印象に残っております」

　岸本も野上と同じような違和感をおぼえたと、供述調書の中で語っている。

「いま思いましても、この勉強会における中野会、中野太郎の行動がどうも腑に落ちないのです。

　この勉強会のホテルに中野会の若い者が10名以上いたのです。こういう勉強会に若い者を10名以上も連れてくることが腑に落ちなかったのです。

　異様な雰囲気だったのです。

　いま思えば、中野会の宅見若頭に対する襲撃の行動が、もうはじまっていたのではないかと思います。

　現在では山口組幹部が行動するとき、いわゆるボディガードといいますか、付き人を何人も従えて動かないのです。そういう時代でもありませんし、幹部が行動する時は、せいぜい車の運転手と付き人が1名いるくらいです。

　事件後、この勉強会に出席した幹部の何人かから中野会の若頭・山下重夫の態度が憮然としていたと、その態度について不信を抱いている者がおりました……」

　宅見らの会話は続いている。

　ウエイトレスが水を差し替えにきた。

「ありがと」

野上がねぎらいの言葉をかけた。

彼女が去っていった。

「わしに恨みを持っているのかもしれんが、もっと、組の将来に目を向けたれや……」

困ったもんだとでもいいたげな宅見の口ぶりだった。

ティーラウンジ『パサージュ』、午後3時30分……

宅見の目の隅を小柄な男の影がよぎった。店内の雰囲気にそぐわない服装をしていた。

彼は意にもとめなかった。

中保喜代春はボディガードたちに見とがめられることもなくパサージュの入り口に達した。ウエイトレスが近寄ってきて、何か話しかけてきたが、彼は気づかなかった。

先行している鳥屋原精輝は、すでに店内中央付近を歩いていた。ふたりの間の距離は8メートルほどである。中保は鳥屋原を見失わないように必死で、彼の姿を目で追っていた。

彼が拳銃を撃ち込む男に、自分も拳銃をぶっ放すことだけしか考えていなかった。

鳥屋原は、まっすぐに南に向かって歩いていき、店内奥にある半円形のカウンター沿いに右に曲がると、ガラス壁ぎわの4人がけの席に歩み寄って行った。

その席にはスーツ姿の3人の男が談笑している。

鳥屋原は、この3人の中の店内中央に体を向けている男の斜め後ろに近づいた。左側にはヒゲの男が座っていた。

不審に思われずに1メートルの距離まで接近した。ふたかかえもある太い柱の陰をまわり込んだのである。

このとき、2番手ヒットマンの中保は鳥屋原から5メートルほど後ろに接近していた。

鳥屋原が近づいた男の顔がはっきりと見えた。

週刊誌で見覚えのある宅見若頭であることが確認できた。「こいつがターゲットや」と確信し、鳥屋原と宅見の動きだけに神経を集中させた。まわりの様子がますます見えなくなった。

中保は、鳥屋原の右後方3メートルの地点まで迫った。

このとき、鳥屋原は、宅見の右後方1メートル足らずの地点から拳銃の入れてあるズボンの右ポケットに手を突っ込んだまま、宅見に話しかけた。

宅見は、「なんや？」とでもいうような感じで、上半身を右にねじり、鳥屋原の顔を見あげた。

99年11月4日に兵庫県警に録取された中保喜代春の供述調書を紹介する。

「その瞬間、鳥屋原は、ズボンのポケットから拳銃をすばやく取り出し、銃口を宅見組長の胸から50センチもないくらいの至近距離に突きつけたかと思うと、そのまま撃ったのです。拳銃を取り出してから撃つまでの時間は、ほんの一瞬のことでした」

鳥屋原が目の前にあらわれた時のことを岸本才三は前出の供述調書の中で、次のように語っている。

「時間は正確ではありませんが、このテーブルについて30分ぐらい経ったころですから午後3時半ごろだったと思います。太い柱の陰から帽子をかぶってサングラスをかけ、紺色の長袖シャツを着た男が、突然、出てきたのです。

この男は宅見若頭に近づき、拳銃4発ぐらいを連続して発射しました。銃弾を受けた若頭は、座っていた椅子から床に倒れたのです。男の持っていた拳銃は、回転弾倉式であることは銃口がよく見えていましたので間違いありません」

宅見の右横に座っていた野上哲男は前出の供述書の中で、次のように証言する。

「午後3時30分ごろだったと思います。突然、私の後方で銃声が連続して4発ぐらいしたのです。そのとき、私はすぐ『若頭がやられた』と感じ、若頭が左側に倒れたのと同時に、私は椅子から腰を浮かすようにして、『頭……』と叫びながら左後方を振り向いたところ、帽子をかぶり紺色の長袖シャツを着た男が両手で持った拳銃を胸の前に突き出した体勢をとっているのが見えました。

私は床に片膝をついて倒れている若頭を抱きかかえながら、この男に対して『こらぁ』と一喝しました」

店内は騒然となった。

女性客の間から悲鳴があがり、グラスの割れる音とスチール製のトレーがぶつかりあう金属音が店内いっぱいに響いた。

至近距離から銃弾を受けた宅見は倒れかかりながらも、ものすごい形相で相手を睨《にら》みつけていた、と中保は供述している。カッコ内は私の補足である。

「宅見組長は鳥屋原のほうを振り返り、ちょうど上体が鳥屋原に対して斜めに向いたときに、鳥屋原がその胸のあたりを撃ったのです。

撃たれた宅見組長は、そのまま西の方向（ガラス壁側）にガックと倒れそうになりましたが、歯を食いしばって、ものすごい形相で鳥屋原を睨みつけるようにしながら、グググッと起きあがろうとしました。

鳥屋原もたじろいだのか、一瞬、動きを止めましたが、宅見組長が起きあがってきたところを、ふたたび、至近距離から1発撃ち、ついに宅見組長は右肩を下にして椅子から崩れるように床に倒れたのです。

鳥屋原はなおも容赦せず、銃口を斜め下に向けて、倒れている宅見組長めがけて拳銃を2、3発撃ちました。彼が宅見組長を銃撃していたのは、わずか数秒間のことでした」

動きを止めた宅見を確認すると鳥屋原は、拳銃を構えたまま後ずさりして宅見から離れ、身をひるがえすと中保の視界から消えた。

このとき、中保は撃鉄を起こした拳銃を右手に握っていた。彼は宅見に近づいた。中保は、倒れている宅見から3メートルほど離れたところから拳銃を2発撃った。彼の後方から連続して拳銃の発射音が響いた。吉田と川崎の援護射撃である。

中保の銃撃について野上は前出の供述調書のなかで、次のように語っている。

「その後、もうひとりの男が若頭めがけて発砲しております。その男は2発撃ちました。それは銃口から閃光が見えたから確かなことです」

第2のヒットマンとなった中保は、拳銃を撃ち終えるとパサージュの入り口目指して駆け出した。

前方には小柄な鳥屋原の姿があった。

その少し先に吉田と川崎の背中が見えた。

先行する3人はボディガードの待機するロビー方向をさけて、吹き抜けの東側通路をエスカレーターに向かって走っている。

中保は彼らの後を全力疾走で追った。

先行する3人は、登ってくるエスカレーターに飛び乗ると、そのまま駆け足で逆行した。先頭を走っていた川崎がエスカレーターの途中で転倒した。後続のふたりが巻き添えで将棋倒しになった。

鳥屋原が立ちあがった。

その横を中保がすり抜けていった。

1階フロアに降り立った彼らは二手に分かれて逃走した。

鳥屋原と川崎は白のセダンでアジトに向かった、中保と吉田はホテル玄関横にある地下鉄乗り場に消えた。

そのころ、ホテル側からの通報を受けた警察と救急車が現場に到着した。

宅見若頭は血の海の中に横たわり、岸本や野上の呼びかけにも応答しなかった。時折、体を小刻みに痙攣させた。

救急隊によって宅見は神戸中央市民病院へ搬送された。

岸本は警察への事情説明のために現場に残り、野上が病院に向かった。

同日午後4時30分ごろ、同病院の医師は沈痛な表情で野上に宅見若頭の死亡を伝えた。61歳だった。

あとがき

98年、故・宅見勝若頭の遺産額が9億6００万円と公示されたが、その後、税務当局側の指摘を受けて約9億６０００万円に修正された。遺族側の単純な経理ミスだったそうである。

大阪府警などによると、この遺産の大半は不動産だった。宅見若頭の名義になっていた大阪府吹田市内の自宅建物や土地と大阪・ミナミの組事務所のある土地のほか、関係する企業名義になっていた東京都内のマンションや伊豆半島の別荘などだ。また、一部は有価証券類もふくまれていたが、本人名義の銀行口座は確認できなかったという。

この金額は、あくまでも表向きのものであって、実際の資産はもっと多い。彼の知人やフロント企業名義になっていたり、宅見若頭本人の資産であると断定できないものが多かったからである。絵画や陶器類などのコレクションの大半は他人名義になっていた。

彼の実際の資産額は１０００億円ほどではないかといわれている。山口組系組長クラスへの融資には契約書を取りかわしていないし、借用書も取っていない。すべてが口約束なのである。

たとえば、地上げで得た資金を株式に投資をして一時代を築きあげた仕手筋『コスモポリタン』会長の池田保次に宅見若頭は、88年、約130億円相当の株式（機械メーカーのタクマ株）を貸している。この株券を担保にして池田は武富士から100億円の融資を受けた。当時、京都銀行本店の応接室で、この株券を武富士や京都銀行の担当者と一緒になって一枚一枚勘定したと、シー・アンカー・ビルディングの石高嘉昭社長は証言している。なお、この融資がおこなわれた直後、池田は失踪する。後日、武富士は、この株式を1株1500円でタクマに買い取らせた。また、93年12月、宅見若頭は、イトマン事件で逮捕された許永中の保釈金6億円をも出している。

このケースでもわかるように宅見若頭の資産には裏づけが取りにくいものがたくさんあるのである。

現在、4人のヒットマンのうち3人は逮捕され、懲役20年の刑に服している。宅見若頭に第一撃をあたえた鳥屋原精輝（加藤総業）は、06年6月30日、神戸・六甲山中で変死体となって発見されている。現場指揮者の財津晴敏（財津組組長）は、いまも逃亡中である。

宅見暗殺事件から10ヶ月後、この事件の総指揮者である中野会若頭補佐の吉野和利（壱州会会長）が潜伏先の韓国・ソウル市内の自宅マンションで変死体となっているのが発見された。それから約1年後、中野会若頭の山下重夫（山重組組長）が宅見組幹部らに射殺された。02年4月、この暗殺事件に深く関与していた中野会副会長の弘田憲二が、沖縄・

那覇市内で山口組系天野組組員に射殺された。中野会は、山口組から絶縁処分を受けたばかりか、大きな代償を支払わされたことになる。

宅見若頭の没後、山健組出身の渡辺芳則五代目組長、中野太郎若頭補佐、桑田兼吉若頭補佐が、そろって引退（のち、桑田は病死）した。それに代わって宅見時代に執行部入りした司忍弘道会会長が六代目組長に就任、新執行部は若手実力者に一新された。この新体制こそが、宅見若頭の夢見ていた新生山口組の姿だったのかもしれない。

ここでいくつかお断りをしておきたい。本書は読みやすさを優先させるためにノンフィクション・ノベルという形式をとった。したがって、宅見若頭のご家族名や会話体の部分は関係者の証言や資料を基にした創作である。登場人物の敬称は略させていただいた。文章の繁雑さをさけるためで、他意はない。

本書執筆にあたっては以下の資料を参考とした。『週刊現代』（84・6・30日付、89・2・25日付、89・4・8日付）、『週刊実話』（85・1・31日付）、『サンデー毎日』（85・2・17日付）、『週刊大衆』（84・6・30日付、85・2・18日付、88・2・5日付、89・2・20〜同5・15日付）、『アサヒ芸能』（83・10・2日付、83・12・22日付合併号、84・1・26日付、85・2・14日付、88・6・9〜同12・8日付）、『五代目山口組の素顔』、『五代目山口組がゆく』、『五代目山口組の激流』（いずれも週刊大衆編集部　山田勝啓監修）、『実録大阪戦争』（週刊アサヒ芸能編集部　徳間書店）、『悲しきヒットマン』（山之内幸夫　徳間書店）、『山口組太平洋捕物帳』（山之内幸夫　徳間書店）、そして拙著『山口組若頭暗殺事件』、『山口組若頭を殺った男』（いずれもイーストプレス）。上記6書の著者、監修者の方々には厚く御礼を申し上げたい。

木村勝美

暗殺までの15328日

発行日　2007年8月25日第1刷発行
2012年7月30日第5刷発行

著者　木村　勝美

発行人　岩尾　悟志

編集　飯嶋　章浩

装丁　海老原　哲也

本文デザイン　寺師　ひろみ

校正　岩尾　玲子

発行所　株式会社メディアックス
〒162-0805
東京都新宿区矢来町113　神楽坂升本ビル3F
電 話 03(3235)5541（営業部）
FAX 03(3235)5455

印刷所　共同印刷株式会社

ISBN978-4-86201-613-3 C0036